Miss * 爱 + 时光

如果我们的相遇是一场梦，
梦醒了以后，你会来找我吗？

漂流信。

披着人皮的企鹅 著

海峡出版发行集团 | 海峡文艺出版社
THE STRAITS PUBLISHING & DISTRIBUTING GROUP | Haixia Literature & Art Publishing House

图书在版编目（CIP）数据

漂流信 /披着人皮的企鹅著. —福州:海峡文艺出版社，2012.12

ISBN 978-7-80719-947-2

Ⅰ.①漂… Ⅱ.①披… Ⅲ.①言情小说－中国－当代 Ⅳ.①I247.5

中国版本图书馆CIP数据核字（2012）第279285号

漂流信

作　　者　披着人皮的企鹅
总 策 划　贺鹏飞
策　　划　陈绍敏
责任编辑　任心宇
特约编辑　宗珊珊
出版发行　海峡出版发行集团
　　　　　　海峡文艺出版社
经　　销　福建新华发行（集团）有限责任公司
社　　址　福州市东水路76号14层　　**邮编**　350001
发 行 部　0591-87536797
印　　刷　三河市祥达印装厂
印厂厂址　河北省三河市杨庄镇杨庄村　**邮编**　065299
开　　本　640毫米×960毫米　1/16
字　　数　100千字
印　　张　14.5
版　　次　2013年3月 第1版
印　　次　2013年3月 第1次印刷
书　　号　ISBN 978-7-80719-947-2
定　　价　24.80元

如发现印装质量问题，请寄承印厂调换

目　录

楔　子

一睁开眼睛，我还没对周围的事物适应过来，以为仍然在梦里。眼睛所见的是一整片被染成金黄色的白云，我想那颜色一定是被太阳光渲染才会这么美丽。

摇摇晃晃的视线，整个人就像是飘浮在不属于这个世界的任何一处，那样的感觉很舒服，很容易让人无法自拔。等回过神来后，才知道我正躺在漂流于大海的木制小船上，不小心睡着了。

坐起身子，回头一看，才发现我已漂离岸边有一段距离，金黄色的海滩、道路和矮房全都缩成小小的形影，这样的情形并不令我慌张，因为已经好几次了。只要稍微离熟悉的岸边远一点，就会感觉到自己已离开原来的世界，在异度空间里流浪着。

夕阳西下的画面在我的正前方，光的颜色柔和且美丽得令人无法形容，它夺走我所有的目光，我舍不得将视线移开，只因这实在是太美了。

我想，那美得令我迷恋的颜色，应该就像爱情一样。

身处在这片蓝色海域，拥有着与你的共同回忆，一望无际的海平线，让我记得自己对你的爱有多么深远。

试着用手抓住眼睛所能看到的一切，知道根本什么都抓不住，这样的举动是毫无意义的，但是这样才会让我意识到，梦和现实存在的差别。在梦里，有很多事情，或许只要一只手就能实现；在现实，有很多事情，想做都做不到。

我不自觉轻叹一声，看着眼前的夕阳已摇摇欲坠。紧接着是转为黑夜的一段时间，在这段时间会有很深的感触，会让我很轻易就想起难过的事情，耳边聆听着清脆荡漾的海水声，会有种很深层的孤独与寂寞侵袭到我内心深处。

原来，夕阳落下时，会让我这么不知所措。

原来，想念着你，会让我这么难过……

已经过了好多年，我很感谢自己的记忆十分争气，因为仍然存在着你的身影，你的一举一动在我脑海里，就像是这世界的自然规律般不曾间断过。

你说过，大海能够传达思念给对方，而那份思念是会一天天覆盖在心里，等感觉到重量时，就会意识到有多么想念你，也会记得自己有多么爱你。

我拿起了一个未曾用过的透明瓶子，里头装着的是我写给你的信，信里有我对你无穷尽的思念，瓶中信将漂洋过海，到你的世界去。它不会因时间而腐烂，字体也不会因被浸湿而模糊，它传递到你心里的会是我那不朽的爱。

我轻轻将瓶中信放到海面上，手仍不肯放开瓶子，心中有点担心，不管这动作重复了多少次，自己仍然会在放开瓶子的那一瞬间迟疑好几秒。海风徐徐吹来，像是安抚着内心的不安，最后我放开了瓶子，任由它随波摇晃，渐渐远离我的视线，朝着海平线漂流而去。

每当我寄出瓶中信时，总会在小船上难过许久，那孤寂的情绪在一瞬间侵蚀我的心。我虽可以感受到曾经有你的幸福，但回过神来，还是无法忍受见不到你的痛苦。如果可以的话，我多想再见到你的笑脸……

看着辽阔无比的远方，我黯然落泪，泪水流露的是无穷尽的感伤。心里拥有着对一个人的思念及记忆，不管如何，那泪水都是流不尽的……

这个世界一直都有你的味道……

我再次躺在小船上，看着渐渐昏暗的天空。耳边传来海浪翻腾的声音，犹如一首好听的催眠曲，我轻轻闭上眼睛，脑中浮现出一个画面，虽不知那是梦还是记忆，但我却清楚地知道，这是第一次捡到瓶中信的那一天……

Chapter 1

一个透明的瓶子里，放着卷成一圈的泛黄信纸，内容透露出好多的思念，字里行间充满着连旁人都能感受到的情意。我看得很疑惑，并不是因为看不懂中文的关系，而是那信的收件者，叫做“伟”，这也是我的名字。

其实也不是偶然的情况下捡到瓶中信，应该是我常往海边跑的关系，所以这种极为渺小的运气，我早已经当做理所当然了。

因为我的身体不是很健康，为了不让病魔嚣张，我听从医生的建议，独自一人远离原来住的都市，搬来靠近海边的小镇。

虽然身体状态亮着红灯，但也不至于像个活死人一般，就像一台看似正常的计算机，平日能够正常运作，却隔三差五地出毛病，有的时候也查不出什么，在无计可施的情况下，只能用重装系统来解决。

这也是我觉得不公平的地方，因为自己不是吃下一片光盘，身体就能够还原到最佳状态。

从小到大，生病的次数多到我都快忘了学校是什么样子，虽然一直持续就医，但就是没办法消灭那万恶的病魔。所以，小时候我几乎没有什么朋友，也是因为常常没去上课的关系。

不过这样的情况随着年龄增大渐好，也许是抵抗力增强的缘故吧，我不再像小时候那样脆弱，但比起一般年轻人该有的活力，我还差得多。

高中时曾经发生一件严重的事情，我失去了两年的记忆。

刚上高中，开始对高中生活抱有期待的时候，就在某一天过后，我什么都不记得了。那种感觉就好像出生到开始有意识的那段时间，很难去回想的一段空白岁月。

仿佛闭上眼睛后睁开，就直接跳级到高三，没有任何的不适感，只是感觉少了两年的记忆。我可以回想起以前发生的事情，却怎么样都想不起那两年的一切。

医生宣称是突发性的记忆退化，但我觉得那根本是不相关的说法，只是因为找不到原因而这么解释罢了。

但是，尽管丧失了两年的记忆，却有一些梦，怎样都忘不了。这些梦很零碎地潜伏在我脑海里，它们就像是一个个升空的气球一样，会在我接触到一些事情时爆开来。

梦里的画面仿佛相互呼应着，有种再熟悉不过的感觉。

那些梦很特别，就像是真的发生过一样，或许跟我失去那两年的记忆有关。上大学后，我的确认真思考过那些近似于逼真的梦，甚至觉得那些梦就是我失去的那两年记忆。

我曾试着查证过，但是结果并不如自己所想的那样，所有梦中的人和事物，现实生活中都不存在。

我将调查重点转向现实生活，结果就连周围的人，都像被我传染一样，全记不得我那两年的经过，所有资料都被磨灭，我无从得知那追溯不回的真实。

步入社会后，听从医生的建议，我搬到靠近海边的小镇，对我来说这是治疗疾病最好的地方，另外我也很喜欢带有咸味的海风。

在接近傍晚时分，坐在松软的沙子上，看着橘红色的夕阳落入海平线，那时原本的蓝海会被染上夕阳的余晖，仿佛披着艳丽的薄纱，让人目不转睛地凝视着这无法言说的画面。

有一次，在夕阳坠落转为夜晚的时候，我在一间废弃小屋前的海岸上，捡到一个里头装有信纸的透明瓶子。起先只是认为，那或许是被困在荒岛上的人发出的求救信——总觉得这种桥段和电影如出一辙，也许我是个不小心闯进拍摄现场的糊涂笨蛋?

在确认没有任何摄影机后，我又觉得那个瓶子是被人乱扔进大海的垃圾，或者是因为没写收件地址及邮政编码被退回来的废信。不管如何，那个瓶子充满着比女人还要多的秘密。

捡起瓶子后，我把玩般翻转瓶身，里头的信纸像是小丑杂耍里玩的滚轮一样，恣意旋转着。良心告诉我，偷看别人的东西是种不好的行为，但是在好奇心的驱使下，我实在很想偷看一眼……

如果写的内容不是中文那就算了。心里头悄悄萌生这个念头，毕竟我只看得懂中文而已。打开被海水浸湿的软木塞，我倒反着瓶子，用手尝试抠出卷成一筒的信纸，那动作像极了猴子在抠管子里的香蕉。

我好不容易抠出信纸，小心翼翼将它摊开，先是震惊了一下，内容是中文没错，但更令人惊讶的是……开头写的人名竟然是我的名字。虽然不排除只是刚好同名同姓的可能，但看到自己的名字出现在上面，就是会有种奇妙的感觉。

想象着课堂上老师点名，叫到我名字的时候，还有另外两个人同时举手的画面，即使知道大家同名同姓，但就是会觉得怪怪的。

信的内容是在说一个叫 Joyce 的人，写给跟我同名的家伙，依照用字及笔迹来看，我理所当然地认为 Joyce 是个女生。

从那一次开始，我在同一个地点偶尔会捡到漂流到岸上的瓶中信，而且全都是 Joyce 写的。

收到信的间隔不一，几天、几个星期，甚至几个月都会有瓶中信漂来，等到捡了五封信以后，我开始觉得这次数也太异于平常，仿佛就像是写给我的一样，久而久之，便觉得这种荒唐的事情没什么好大惊小怪。

其实每封信，内容都很平常，多半是在写 Joyce 的近况，还有一些对另外一个伟的思念，但就像一本逐渐将你带入高潮剧情的小说，由一封封的信拼凑的剧本，我开始感受到他们之间有着至死不渝的爱情。

仿佛幻化成一股暖流，在我胸口位置停留不去，那是种笔墨字句难以形容的感觉,连言语都无法架构出的信息。Joyce 对另一个伟的爱，从异处漂洋过海来到这里，信纸上的字句依然清晰，就像是在告诉他，那份爱永远都在。

但是，另一个伟他没办法看见，这点 Joyce 也明白吗?

或许她早就知道了，却还是这么做……

渐渐地，每到海边，我开始期待捡到 Joyce 的瓶中信。虽然不是写给我的，但自己却很想要继续看下去，我很在意他们的恋情。

就在捡到第五封信的两个星期后的某一天傍晚，洒着桃红色亮片的夕阳海面，有个透明的瓶子被海浪打上岸，静静地躺在细沙里。

我希望那是 Joyce 的信……不! 应该是说我直觉那就是她的信。

打开软木塞后，拿出信纸，熟悉的笔迹令我开心起来。虽然不知道为何会开心，但觉得能够看到 Joyce 持续对另一个伟的爱，是一种幸福的感觉。

可是，这次的内容只有两句话，看完后我突然觉得有些难过……

我的世界里，有你的味道，记忆里也有你的存在，使我可以感觉得到你……

我好想再见你一面……不管是以何种形式……只想再见到你……

自从短短两句话的最后一封信后，我就再也没有捡过任何 Joyce 写来的瓶中信了。他们两个的爱，或许不是我想的这么甜蜜，因为另一个伟始终不知道这些信息……

“是哦……从那一次之后，就没有再捡到 Joyce 的瓶中信了吗？”

在公司的逃生楼梯间，我和秋菊坐在阶梯上聊着瓶中信的事情，那里也是我们休息时间窝着的地方。

过了好几个月，我和秋菊再次谈起瓶中信的事，她也是关注这事情的粉丝之一。

秋菊是个不折不扣的大美女，尤其穿上公司制服，更让人有种不可高攀的感觉。她是我工作上的同事，也是很好的朋友，在工作上常常接受她的很多帮助，她是个很细心的女孩子。

喝了一口秋菊泡的茶，我回：“嗯，从那一次之后，我就没有再捡到 Joyce 的瓶中信了，但其实想想，会捡到已经是趋近于奇迹了吧？”

“更何况你还捡到这么多，更是奇迹中的大奇迹呢！”秋菊微微笑着，发出与脸蛋相配的轻柔笑声。

她递了张面巾纸给我，提醒我擦掉嘴边的油渍。哦！那是拜刚刚吃的盒饭所赐。

这时逃生门被推开，依照我们正在喝茶的时间来看，阿哲拎着盒饭进来了，而他铁定会说：“你们吃完了哦？太夸张了吧！”

阿哲是别的部门的一个猛男，我是在一次从饮料自动售货机中取饮料的时候认识他的，其实也没什么特别的认识过程，就是他没带零钱而已。

其实严格来说，阿哲不像是坐办公室的料，他比较像是模特儿或是夜店服务生。他非常外向，对人虽有不客气的地方，但习惯的话倒觉得他只是比较豪爽罢了。

阿哲挤在我和秋菊中间，翻着塑料袋里的盒饭，问：“你们刚刚在聊什么？”

“没事啦，在聊一些客户的资料……”

阿哲大口咀嚼着嘴里的饭菜，模糊地说：“扯啦！你们怎么可能这么乖？是在搞暧昧吧？”

“慢慢吃，不要急。”秋菊递了一杯热腾腾的茶给阿哲，像是要以此封住他那个大嗓门。

我们三个是很要好的朋友，常常下班会去喝个茶，放假会一起去玩，我们时常混在一起，无所不谈。虽然还不是很了解对方的所有一切，但就是这样适可而止地了解，才能有这种友情。

“伟，今天要记得去看医生哦。”

“不是十六号吗？”

我才刚回问秋菊，阿哲就接着说：“就是今天啊！下班等我，我跟你一起去。”

“那就麻烦我们的阿哲兄了！”秋菊拍了一下阿哲的虎背，让他差点喷饭，逗趣的模样惹得我们笑了。

搬来现在住的地方后，我的身体状况稳定许多，也许是没有呼吸到都市里那宛如毒气的空气吧。但即便如此，每个月我还是得抽空去见主治大夫陈医生四次。而每次，我总会跟陈医生聊上许久，多半都是聊关于那些梦的事情。

“但是你不是查证过真实性吗？假设那些梦是你丧失的两年记忆，但却找不到任何相关的实体证据，不是吗？就像你说的，在梦里你父亲还活着，但实际上他在你小时候就去世了，梦里发生的一切都是现实生活中没有的，这点你很清楚的。”陈医生坐在一张旋转椅上，笑着说。

我从治疗台上坐起身子：“可是……梦的片段越来越多，一点一滴地塞进我脑袋，就好像被人剥开头顶，放了些东西进去，很难不去在意吧？”

“哈哈！你的比喻很有趣，不过我认为跟你的记忆受损有关，大脑正拿那些梦来补足失去的记忆，但你本身很清楚那些只是场梦而已。

在互相排斥的情况下，就有这种‘好像是’的感觉在。”

“是吗？”

“只有你最清楚了。”陈医生转过身去，写了一些处方在纸上，叮嘱我，“一定按时吃药，别忘了。”

“最近……”

“怎么了？”

陈医生一问，但我想了想后，将本来要说出的话给收回去，笑着说没事，就离开了，因为突然觉得话题没有必要再继续下去。随着那些梦的感觉越来越清楚，我也快分不清到底什么是真的什么是假的了，就连现在的生活，我都快分不清真实性了。

隔天，下班后我一个人到海边，赶上了美丽夕阳的末班车，也期待着能捡到 Joyce 的瓶中信。等到夕阳完全隐没不见后，心里突然有股空虚，那是种很孤独的感觉，令我无所适从。

随即，我注意到废弃小屋的地方，有个女生站在海岸边，凝视着无边无际的大海，好像在发呆一样。不知道为什么，她的背影令我感到熟悉，就像是梦里曾经看过一样……

突然，那个女生缓缓地往前走，本来以为她会在海水及膝时停住脚步，但等我发现时，她已经越走越远，我才知道事情不妙！该不会是自杀吧？

当下我立刻冲过去，到了海岸边，我没有冲进海水救她，一方面是不会游泳的关系，而另一方面是因为不知道为什么，对海有一种恐惧。这很讽刺，我虽然喜欢海，但却害怕海。所以我只能在岸边大叫：“喂！别想不开啊！”

这时的海边根本就没有什么人，就算我大声求救也没人听得见。可恶！那女生越走离岸边越远，好像不要命似的。看着脚下反反复复推拉的潮水，虽然心里很害怕，但我还是硬着头皮冲进海里救她。

等我越陷越深时，才发现那女生早沉入海里，心觉不妙的时候，我突然重心不稳往前一倾，立刻吃进海水。下一秒后，我只知道自己不断挣扎，感觉十分痛苦，然后渐渐失去意识……

眼前的画面有一种淡淡的颜色，回过神后发现自己站在沙滩上，一切景物依旧，只是那感觉不是很真实，有一种说不出的朦胧感。但很快我意识到自己在做梦，这些感觉都跟以前的梦一样。

我的梦跟一般人不同，在梦里是有意识的，虽能够自由思考，甚至知道自己在做梦，但却怎么样也无法控制梦里的我做任何事情，只能照着已定的剧本演下去。说穿了，在梦里，我不过是个有思想的傀儡罢了。这是很难得的体验，对那些很少做梦的人来说，我的梦真的丰富许多。

我看到了一个女生，那面容并不清楚，明明就在眼前，却十分模糊，可我却非常明白，她正在流泪。然后，我的手不由自主地替她擦拭泪水，接着轻轻地吻上她的嘴唇，当然这所有动作都不是我所能控制的，唯一能控制的只有自己的大脑思想而已。

但是，那一瞬间我竟可以感受到，心里头那份难过与不舍，深刻地体会到两人接触的那份温暖，传来那么多的痛苦和悲伤。在无人的海边，背后传来海浪拍打的声音，我轻轻地搂着她，两人的唇依然轻碰着，她眼角滑落的温热泪水沾湿我的鼻梁，双手紧拥着我不放。

这时，我的唇慢慢离开她，自己无法控制地说："如果再也见不到你了，我只希望能够带走有你的回忆，让我依靠这些，持续爱着你……"

她低下头，不停地啜泣着，含着泪水告诉我："想念你的时候……我就会来海边的……"

突然，下一秒所有画面都停止了，紧接着像是关上灯一般，我什么都看不见，那个女生也消失了。

紧接着海水的声音传来，我静静地听着，心情像是睡着般平静。感觉到自己正躺在松软的沙子上，也隐隐闻到海风带来的咸咸味道，浑身感觉好舒服，顿时意识也渐渐模糊……

"有没有听到？"

有个声音在我耳边响起，睁开眼睛后，映入眼帘的是一个表情慌张的女生。刚刚的感觉还在，我清楚地知道那一切都是梦。见我睁开眼睛后，眼前的女生才笑了起来。

我咳了两下，将肚子里多余的海水吐出，难受地坐起身子，我整理了一下脑中的混乱，回过神问：“你是刚刚那个要自杀的女生吗？”

“自杀？才不是呢！是你要自杀吧？”

“我没这么聪明到想去自杀，是因为看到你走进海里，我才去救你。”我问，“要不然你在干吗？抓鱼啊？”

那女生呆看了我一眼，然后笑了起来。仔细一看，她五官长得像混血儿般，很漂亮。

“我只是想测试一下，走到多远就会全身沉进海里，结果没想到，你就在我后面溺水了！”

“一般人不会做这么蠢的事情吧？你这跟拿橡皮筋打自己有什么两样？”

“嗯……我想都一样蠢吧！”那女生站了起来，露出可爱的笑容和我道别。

看着她的背影，我有股莫名的熟悉感，随即自己也不知道哪来的勇气，大声问：“喂！你叫什么名字？”

那女生停止脚步，回头看看我后，笑着说：“Sunny。”

突然我不晓得该说什么，但也急着找借口解释：“我……问你名字没有别的意思！只是……下次如果再发生这种事情，我会告诉别人，那只是 Sunny 在做蠢事而已！”

Sunny 笑了，是那种让人着迷的笑容。

“那你叫什么名字？”

“叫我伟就行了。”

“如果下次有人再因为我溺水的话，我就知道那个人是你！”

Sunny 挥着手笑着和我道别，在我的世界里，那是我们第一次的见面。

隔天，中午休息时间，我刚到逃生口的阶梯坐下，身后的逃生门随即被推开，秋菊的声音响起：“还好吗？”

“怎么了？”

“你怎么反问我了呢？我是指你的脸色看起来不太好。”

实在很佩服秋菊的观察力，明明我已经在硬撑了，却还是被她看出身体不舒服。

昨天回家后，刚开门就感到一阵晕眩，我想也许是跳进冰冷的海水里所致。本以为只是贫血而已，到了晚上变成发高烧，一直到今天早上才稍微好转些。

“没事，只是昨天比较晚睡，有点累而已。”

本以为这样可以混过去，但我太天真了，随即秋菊纤细的玉手轻轻放在我的额头上，问：“你体温好高，真的没事吗？”

“真的没事，没事啦。”我将头刻意挪开一些，不想让她知道身体不适。

秋菊知道我的个性，她叹了一口气，说："我帮你去泡杯热茶。"

"谢谢。"

秋菊微微笑着转身离去。

逃生门正要完全合上时，隐约听到秋菊的声音，没多久门又再次被推开，一个声音道："伟，组长找你。"

从门后冒出一个中年男子的身影，虽然我头有点不舒服，但还不至于忘了这头顶上面毛稀疏的人是谁。

见到我，组长说着一口闽南话："伟！你现在可以帮我去向客户拿回样品吗？"

"现在？现在是休息时间啊！"

"不好意思啦！我也不想占用你的休息时间，但我马上就要去开会了，而且又找不到其他人代替我去。那个客户下午有事情，中午时间比较有空，所以麻烦你去一下，好吗？"

组长都低声下气了，以他的身份地位来说，我总不可能说"不要，你自己去"吧？

我无奈地笑了笑，说："好吧，我帮你去拿。"

"伟！"突然秋菊以责备的口气叫我，接着转向一旁的组长，"他身体不舒服，我去好了。"

"你忘了等会儿要跟我一起去开会吗？"组长说完，秋菊眨着大眼睛，像是突然想起一般，表情很逗趣。接着组长转头问我："你身体不舒服啊？"

"没啦！好得很，我帮你去拿吧！"我装作没事笑着说，组长才放下心来，只是不免遭受到秋菊的瞪眼攻击……

走了十分钟左右的路程，我感觉随时都有可能昏倒在地，身体变得很沉重，双脚像是陷在沼泽般寸步难行。原以为已经好了许多，结果又开始恶化，难道早上时体内的病魔在赖床，所以到现在才又开始嚣张？

来到一个没什么车流的十字路口，另一边就是客户所在的地方——幼儿园。虽然我们公司是做儿童产品的，但见客户是在幼儿园，让我感到很新奇，因为以往都是在茶馆等地方见面的。

我站在幼儿园门口，像铁牢般的大门阻挡了我的去路，脑袋突然幻想着若拥有像超人般神力的话，就能扳开眼前的小东西了。虽然只是想象，但我还是像个笨蛋一样试试，当然是不可能打开的，看来我真的头晕到不知道自己在干什么了。

透过大门缝隙看进去，似乎是小孩子游玩的场所，秋千、滑梯等游乐器材一应俱全，像极了山寨版的迪斯尼乐园。

若我小时候能够在这么棒的场所玩，一定很快乐吧，可惜的是我并没有读幼儿园，因为老妈不放心我身体的缘故，所以小时候的回忆，跟一般人比较不同，只有医生、药物陪我度过童年。

我不怪自己身体这么差劲，也不怪爸妈，事实上这并不是谁的错，如果事情已成定局，那我只能去珍惜剩余的人生。不管怎么样，只要能活着，就是件很棒的事情了。

里头不像是有人的感觉，我随即想到现在是中午时间，小朋友们都去睡觉了吧？我看了看大门旁有没有电铃或对讲机，发现有是有，但上头贴了一张坏掉的公告，这岂不是叫我要站到下午了？

“有人在吗？”对着空无一人的操场叫喊，顿时觉得真像个蠢蛋。再叫了两声后，无计可施之时，走廊的右边尽头冒出一个揉着眼睛的小朋友，他是我的救星啊！

“小朋友！这里这里！”

我挥着手叫他，他先是愣了一下，接着乖乖地走过来。

居然不知道要提防陌生人……这应该算他有一颗热于助人的心，还是老师教导无方啊？

身高不到我腰部的小朋友，一脸疑惑地抬头看我，自己竟被盯得一时间不知道该说什么，但还是立刻回过神问：“小朋友，你们老师在吗？”

我以自己认为最有亲和力的笑容问他，但只换来他眨着眼睛不发一语的表情，随即我又问了第二遍，依然是相同的表情。顿时我不知道该如何是好，只能苦苦哀求他：“小朋友，可以回答哥哥的问题吗？”

“老师说不要随便跟陌生人讲话。”突然冒出了这句话，小朋友的脸上充满敌意，好像快被逼哭一样。

我可不想无缘无故惹一个小孩哭啊，思考了一下，随即我想到一个办法，接着蹲下身子，问：“这样好了，我们做个朋友，你叫什么名字？”

想也知道，小朋友一定是以“……”的无声答复回应，我又接着说：“我叫伟，你好。”

透过缝隙，我伸手进去想和他握手，见他瞪着我的手，仍然没有回应，我笑着说：“你不告诉我你的名字吗？这样我们怎么做朋友？”

虽然小朋友还是不讲话，但他表情已经没有这么凶狠了，表示事情正顺利进行。

“小高，你在那里干吗？”

突然响起了一个声音，好像在哪里听过……接着我挪开身体，看了一下正走过来的女生，仔细一看，是Sunny。她也注意到我，似乎正开始整理脑海中的记忆，看她的表情就能略知一二。

“你不是……”她说，“伟吗？你怎么会在这里？”

“你……怎么会在这里？不是应该待在海边的吗？”

头晕加上惊讶，我为自己莫名的开心并因此脱口而出的话感到失礼，但Sunny却笑了起来，回：“你才应该待在海边呢！”

我们两个同时笑了起来，为我们的话感到愚蠢而笑。

Sunny绑了个马尾，增添了些许活力感。她穿了件V领的灰色针织贴身上衣，透露着秾纤合度的好身材。昨天没有仔细看，今天才瞧见她右眼下的痣，猛然一看十分迷人。

就在气氛正好的时候，被我们忽略掉的小高适时将我拉回现实，他拉着 Sunny 的裤子，一脸难为情地说："老师，我想尿尿！"

"啊？好好，快点去吧！" Sunny 摸了摸他的头后，小高才飞奔去厕所。

我还没等 Sunny 开口说话，先一步问："你是幼儿园老师？"

"是呀，看起来不像吗？接着换我发问，你来这里干吗？"

"哦，我帮我们组长来拿样品，但他没跟我说要跟谁拿……"对了，现在才想到，组长没跟我说要跟哪个人拿，或许他跟我说了，但我可能没听到。

Sunny 像是被点醒一样，说："嗯！这我知道，院长交代过我这件事情，跟我来吧！"

幸亏不用解释太多，还是应该归功于 Sunny 的聪明。总之，能够完成组长交代的任务真是太好了……

"那个……能帮我开门吗？"

"啊？抱歉抱歉！我忘了门还没开！"自顾自地离去而忘了开门的 Sunny，一脸尴尬地吐着舌头，帮我打开大门。

Chapter 2

在安静无声的走廊可以瞧见房间里头正在呼呼大睡的小朋友们，温暖的阳光穿过云层，形成好几道摸不着的梦幻光线，这样的中午有种说不出的悠闲气氛。

走在Sunny后面，不时飘来淡淡的香味，像是百合花香停留在我周围许久不肯散去。可爱的马尾辫儿随着步伐有规律地摆动着，看着看着，那背影跟我脑海里某个画面重叠，仿佛我曾经看着她的背影，好久好久……

“院长还没回来，所以她交代我交还样品。”Sunny突如其来的声音吓着了我，因为自己很不专心地想着一些没有存在感的事情。

顺利拿到我们公司的样品后，终于可以回公司交差了，这短短的几十分钟对一个身体不舒服的人来说是种地狱般的煎熬。虽然见到 Sunny 时，头痛有所好转，但身体的不适感仍然存在，现在则越来越难受，我都开始冒冷汗了……

看看时间，也差不多该回去了，虽然心里这么想，但身体却没有动作。不知道为什么，总觉得很想多跟 Sunny 说说话，却不知该说些什么。而且身体越来越不舒服，不舒服到开口都成了一种障碍。

我们就这样没有说话，一路走到大门口，突然 Sunny 停下脚步，“嗯”了很久后，说：“你急着要回去吗？”

“啊？不急啦，但……”勉强说出了这些话，我知道自己在忍着身体不适硬撑着。

“真的吗？晚一点回去不会被骂吧？”

“应该是不会，毕竟我连休息时间都牺牲了，而且理由这种东西再笨的人都想得到。”

“哈哈！那这样的话……可以麻烦你一件事情吗？因为院长跟其他老师出去办事了，现在只剩我一个人，也许会管不了小朋友……”

我知道 Sunny 的意思，随即回：“好吧，我陪你一起照顾小朋友。”

Sunny 开心地微笑着，仿佛阳光一般灿烂，那是种令人感到舒服的笑脸，能带给人愉悦的心情，我身体的病痛也因此暂时缓和了些。

午休时间过后，小朋友纷纷起床，不乏有些赖床、叫不起来的，而幼儿园老师在这时要充当闹钟的角色，一一把他们叫醒。

由于大部分的老师外出，所以全部班级的小朋友都集中在一起管理，下午就暂时自由活动。尽管身体很不舒服，我还是在一旁帮助Sunny，也学着管理一些不听话的小朋友。

听人说小孩就跟魔鬼一样邪恶，此话真的不假，尤其是在他们玩乐的时候，那根本就不是人类能够管得住的。

Sunny给我的印象很活泼，笑起来很甜美，或许是她有张混血儿的脸孔，更为笑容加分。在一旁观察她的我，清楚了解到她喜欢小孩子这点，不管是多么吵闹的小朋友，她总是很有耐心地对待他们。如果是我，被这么多小朋友包围的话，真的会疯掉吧。

“陪我们玩捉迷藏。”

突然感觉到有人拉扯我的裤管，回头一看是小高。虽然他还是对我有敌意的感觉，但是主动找我这点，也算是我们的友情一个很大的进步吧。

“好呀！”

“可是你要当鬼。”

我都还来不及反驳，小高就和另外的一群小孩急忙跑去躲，真是令我哭笑不得。

原来陪小朋友玩耍也是一件很累的事情。一下玩捉迷藏，一下当马让他们骑，一下还要陪他们跑来跑去。虽然很累，但是却很开心。在小朋友的嬉笑当中，隐约听得到Sunny天真的笑声，并且很自然地与小朋友的欢笑融为一体，不时吸引着我的注意力。

尽管感到开心，还是无法摆脱身体的难受，渐渐地我开始感到头晕目眩，在阳光下曝晒这么久，我觉得身体快要撑不住了……眼前的景物都在晃动，虽然脸上依然挂着笑容，身体仍然随着游戏而动，但意识已经变得模糊。

然后，我脚软了一下，知道自己似乎要倒了，最后听到的是Sunny和小朋友的惊吓声，接着就没印象了……

没多久，我睁开眼睛，所见到的一切颜色都呈现着柔和平淡，我嗅着那股熟悉的味道，才知道这是在梦里。

怎么开始做梦的我不清楚，只要一到梦里，现实生活中的所有事情像是忘了一样，即便认真去回想，脑袋仍是空白一片。但我很清楚自己在做梦，梦里所有的画面都像是喷雾颜料构成的轮廓般，有着轻飘飘的感觉。

而且梦里闻不到任何味道，就是这点让我很肯定自己身处的是虚幻空间。

这次的梦，场景在教室里，班上没有其他同学，只有身旁坐着一位女生，虽看不清楚容貌，但我却很清楚，她是一直以来出现在我梦里的那个女生。

我们正等着老师如同宣告死期般发期末考试试卷，在拿到试卷之后，我先是一阵惊讶，分数竟然及格，真的太出乎意料了。

接着老师开始发考不及格的试卷，她是其中之一，虽然在梦里看不清楚表情，但我却知道她一定十分难过。

一定有什么事情困扰着她，所以才会考不及格。

我觉得自己这么想并没有错，因为陆续发下来的科目，那个女生又有两科不及格，这对时常考前几名的她来说，真的很不寻常。

看着她低头不语的样子，似乎非常难过，而梦中的我像是被她的心情牵动着，无法忽视掉失去笑容的表情。不管怎么样，我心里的确有万千的不舍。

随即我写了一张纸条给她，上头写的是：

别难过了，我可是好不容易才考赢你一次啊！

看完纸条后她笑了，而我也跟着笑了。

那是我传给她的第一张纸条，也是我鼓起勇气向她说的第一句话。

接着一瞬间，周围一切变得黑暗了，我听见有人在叫我的声音，循着声音回头，在黑暗的尽头出现一道光，接着越来越刺眼，使我的眼睛无法睁开……

"听得到吗？"

再次睁开眼睛后，那道光不见了，取而代之的是Sunny卸下担心的笑脸。这场景好熟悉，就像是……

"我……又溺水了吗？"

"不是啦！你还没清醒吗？"

我撑起身子，看了看四周，虽然不太认识眼前的房间，但我意识到自己身在幼儿园里。

"我刚刚昏倒了吗？"

"对呀！吓到小朋友和我了！"

"啊……抱歉……"我不知道自己在为什么道歉，只是觉得让他们受到惊吓，实在很对不起。

Sunny递了杯水给我，说："干吗要道歉？"

我拿着水杯，看着Sunny，心里有股莫名的愧疚："因为……我好像给你添麻烦了……"

"怎么这么说？你又没有做错什么事情！"

看着Sunny皱起眉头，否定我的道歉，我想对她坦白说出一切。

"其实……我从小到大身体都不太好，常常让周围的人为我担心。我时常强忍着身体的难受，努力想跟一般人一样，就算只是装作健健康康的也行，我不想成为别人的累赘……"

喝了一口水后，我无奈地说："可是就是没办法……我的身体就是这样……对别人来说就是个拖油瓶……”

突然，Sunny抢走了我手上的水杯，不客气地把未喝完的水泼在我脸上。当下我愣住了，抬头看着她，只见她露出一脸生气的表情，大骂：“笨蛋！难道还没醒啊？”

“啊？”

Sunny把杯子放在一旁的桌子上，坐在床的边缘，带点责骂般的语气对我说：“你不是拖油瓶，也不会给人造成麻烦。你知道吗？你是个很有勇气的人！”

“我哪里有勇气啊？”

“因为你就算身体不好，但还是坚强地活到现在，不是吗？还有不顾自己是否会溺水，冲进海里救我，在我眼里，你是个超帅气又超有勇气的英雄！”

Sunny微笑着，那笑容像是抗体一样，把我体内的病毒消灭得片甲不留。她的话让我很感动，让我心里感到很温暖。

“谢谢……”

我们彼此都笑了，那是种不用言语就有的默契，是我对她的感谢。

因缘际会，我认识了Sunny，这样的感觉很奇妙，像是睡梦中被人打醒一般，很突然地……有了她的存在。但即便如此，我们似乎也没更进一步地认识对方，她让我有种没有信心及勇气靠近的感觉，前两次的巧合只能说是上天安排得好。

另外，现在我傍晚到海边不再是一个人了，怎么说呢？等到夕阳落入地平线时，在废弃的小屋前，会发现Sunny在那里。

也不知道从什么时候开始，Sunny就像是已经约好似的，她总会在同一个时间点出现，像是发呆一样坐着，一直到黑夜笼罩整片海洋后，她才会离开。而我则待在远方，没有告诉她我也在沙滩上。

不想刻意去跟她说话，只是想在自己肉眼能见到的地方，和她一同享受夜晚大海的宁静，听着海浪很有规律的声音。靠近岸边的海浪闪着亮光，犹如夜里的星空般耀眼，脑袋不用思考要说些什么，也许Sunny也懂这感觉。

我们两个的情形，就像是坐在教室里一样，虽然彼此坐在不远的地方，但却什么话都没有说。两个人之间的安静像是刻意营造的气氛，没人能够感觉得到，或许只有彼此才能了解那若有若无的微妙状态。

在我的梦里也出现过类似的情形，但我不清楚旁边那个女生长什么样子，因为自己没有几次是以正眼看她。在梦里，那种感觉是令人羞涩、脸红心跳的，像是学生时代的纯真恋爱一样，我只是单恋着梦里的那个女生而已。

上课时不敢把视线乱瞟，生怕一个不小心就对到她的目光，而为了在她面前有好的形象，我把腰挺得直直的，比小学生的铅笔盒里必备的直尺还要直。如果有机会转头，我会利用眼角余光去捕捉她的身影。

无时无刻，我都在想着要如何看见她的每一个动作、表情，这都是在她不知道的情况下进行的，虽然活像个变态的，但却让我因此感到心跳加速。而这些只是我的梦，一个有着单恋剧情的美梦而已。

不同的梦就像是蒲公英一样，每个蒲公英都装满着片段的梦，轻飘飘地飞到我的记忆里。会突然想起，会被周围的事物引出，即使知道是梦，却怎样都没法当做虚幻。

最近我的头脑老是这样，总觉得自己像是台存储量不足的计算机一般，随时都会被那些梦塞爆头脑。

如果我的梦都不是真的，那为何还要让我感受到它的真实？

这种问题，或许永远都不会知晓答案吧。

为什么喜欢往海边跑？

记得秋菊问过我这个问题，当时想了很久，最后还是含糊地回答不知道。可能是因为住的地方离海边不远，又或是带着咸味的海风吹拂脸颊的舒服感，总之很多理由。

但是，我还是回答了不知道，因为这些的确只能当做是“喜欢去”的理由，却不是真正的答案。

在无法找到答案的情况下，我常常想，或许海的另一头会有我要的答案。不管是梦也好，失去的记忆也好，总之海的彼岸，像是有许多的答案藏在那里。

海的另一头是什么？如果地理课都没睡觉的话，这是个很简单的问题，也是考试卷里常会出现的送分题。但是，对我来说，海的另一头是什么？那是无法从课本知识中得到答案的问题，那是趋近于非现实的疑问，不是常理判断所能回答的。

“某某国家”什么的答案，不会是我要的。

看着遥远的海平线，我常常会想，它就像是一个空间的墙壁，再过去的话就是另一个世界了。也许所有的疑惑都能在那里得到解决，但是我到不了那里……

我仿佛被关在巨大的笼子里，没有寻求答案的自由，对心里的那一片疑问也束手无策……

又过了三天时间，原本我和Sunny有了无形规律，突然这规律被打破了。在天色渐渐转换的夜晚时分，一个人对着大海发呆的Sunny，一改这几天的行动，转身朝我走来。

不知为何，我稍稍紧张起来，她的每一个步子都在加快我的心跳，就像是被人发现什么一样，我感到不知所措。

Sunny站在我旁边，先是笑了一下，然后问：“我可以坐在你旁边吗？”

“啊？当然可以啊！”我的动作变得很拘谨，好像有长辈坐在旁边一样。

Sunny 坐下后，伸直纤细白嫩的美腿，轻声问："身体还好吧？"

"嗯，没什么大碍了。"

Sunny 点了点头，接着说："我都知道哦。"

"知、知道什么？"

"知道你也在这里呀。"

原来 Sunny 也发现了我，不说出来还好，一听到就感觉自己好尴尬，仿佛在偷窥被人抓住一样。我两手玩着底下的细沙，借此排解那股不自在感。

随即 Sunny 又说："我没叫你，是因为怕打扰到你。"

"打扰？那是对在办公室忙着公文的人来说吧？在海边是不存在这种说法的。"

聪明的 Sunny 听得懂我在说什么，她展露微笑告诉我："也许你在想事情啊，也许你不想别人烦你啊，总之有太多的也许，让我不好意思过来打扰你。那你呢？为什么没有叫我？"

"因为……"想想刚刚说的，我不好意思地回答，"我收回刚刚说的话，不叫你是因为我也不想打扰到你。"

"哈哈！我们彼此都有这个顾忌呢！"Sunny 屈起双腿，美丽的脸蛋靠在膝盖上，微卷的头发随着地心引力落下，带点妩媚的韵味。她看着我说："如果你过来叫我的话，就真的打扰到我了。"

我被 Sunny 那明亮的瞳孔盯得很害羞，赶紧移开视线，问："每次看你对着大海发呆，你都在想些什么？”

“我啊……在想一个人。”

“男朋友吗？”

Sunny摇头，回：“他虽在我心里，但却是模糊的存在，我曾经接触过他，并且喜欢上他，却忘了他的样子。这也难怪，因为那只是我学生时代的一段暗恋而已，不知道为何他如此重要，到现在都忘不了。”

“嗯……”

“一个人想静下心想些事情时，我就会跑来这里，看着大海……总觉得它会带来答案也说不定。你呢？在想什么？”

“我……没有，只是喜欢来这里而已。通常下班没事就会来这里，刚好可以看到夕阳落下的画面，那样的美景不管欣赏几遍都不会腻。”

“是吗？那你真是怪人！”Sunny站了起来，问，“你不会游泳对吧？”

看着Sunny，我皱了一下眉头，说：“你觉得我上次溺水溺成那样，看起来像是会游泳的人吗？”

她也皱着眉头，问：“那你总会玩水吧？”

“不要太激烈就行了。”

“嗯，我知道了！”

Sunny的笑脸非常好看，白里透红的脸颊十分迷人，近看的话会感到害羞得不知所措。

她伸出右手，正经地说：“你好，我叫 Sunny。”

“干吗这样啊？”

“因为感觉我们认识很突然啊，这次来个正式的自我介绍。”

看着 Sunny 这么有诚意，虽然觉得这样很怪，但我还是和她握手。

“我叫伟，请多指教。”

“那么走吧！”Sunny 使劲将我拉起，牵着我的手一起冲向海里，虽然自己对海有种恐惧，但她的笑容就像是我的护身符一样，使我没那么害怕了。

我们不顾身上的衣服被弄湿，向对方尽情泼水。在无人的海边，我们忘了时间，像极了小孩在玩耍，彼此的欢笑声盖过所有黑暗里的声音，第一次发现，两个人的海边是这么的开心。

从那一天开始，我和 Sunny 仿佛有了固定的约会时间，而地点就是属于我们两个人的海边。从不断的谈话里，我们开始了解彼此，随着见面的次数越来越多，渐渐我们变成了好朋友。

Sunny 跟我同岁，身高矮我三厘米，她非常喜欢小孩子，这也是当幼儿园老师的动机。她坦承看到脸颊圆滚滚的肉肉的小孩，就会有股想捏他脸颊的冲动，所以幼儿园的小朋友，她几乎捏过半数以上了。

不只是喜欢小孩子，她也很喜欢可爱的猫咪，总是受不了猫无意间所表现出的讨人喜欢动作，时常因为这样而发出撒娇般的叫声，是那种会让男人听了感到一阵酥麻的声音。

她平常的消遣，就是窝在家里看电影，任何类型的片子她都喜欢，最爱的就是恐怖片了。

但是她却是每看必怕的那种人，明明看过这么多恐怖片，仍胆小得跟兔子一样，而头发就是帮助她看恐怖片的辅助工具之一，因为她会用头发去遮住眼睛，从缝隙去观看那若隐若现的画面，要不然就是用手去遮，从指缝间去捕捉电影画面。

听她这么形容，还是很难想象那些奇怪的动作。

而她的个性很单纯，也很容易相处，但就算如此，我还是无法彻底了解她。就像秋菊和阿哲一样，我们虽是好朋友，却还有好多事情彼此都不晓得。

有时候Sunny常常会说一些我从没听过的事情，感觉那些事情都不是在这个世界发生的一样，让人觉得不可思议。就连她也会感到疑惑，自己都不知道从哪儿听来的，整个就是让人觉得匪夷所思。

例如，她曾提到过这世界不是历史课本所讲的，其实曾经发生过第四次世界大战，规模比至今的任何一场战役都还要大。

也许有好几次搬不上台面的大战役发生，我根本无从得知，但至少没听过有第四次世界大战这种东西，通常这几个字只会出现在预言家或政治家的嘴巴里。

听到这类奇怪的事情时，我总会告诉Sunny那些都是幻想中的产物而已，又或者是哪一次睡梦中周公送的礼物也说不定。虽然她也觉得很离奇，但就是认为有一定的真实性存在。

“我也会这样，老觉得有一些梦是真的，但醒来后被‘现实’狠狠赏了个巴掌，才知道一切都是自己的幻想而已。”

“但你还是持有一些疑惑去相信，对不对？”

“好像是这样哦。”

“我的感觉就是这样！虽然知道是不存在的，却还是保留一点点的对它的信任！”

我们两个常常坐在沙滩上，谈些不符合彼此年纪的话，想到什么就说，没有特定的话题，这样的聊天是非常开心的。没话说时，我们会躺着看星星，耳朵听着海浪拍岸的声音，感受那脱离嘈杂生活的宁静，我们也常常就这样睡着了。

两人在一起的时间，总是让我感到有好多的快乐因素，即便只是聊着琐碎的事情，都会让我感受到彼此之间珍贵的微妙变化。每当 Sunny 对我展露笑容时，我会觉得一天的疲劳什么的，都能烟消云散，一颗心被她无意间透露的温暖包裹着，再难过的事情都能够释怀。

我很喜欢她的侧脸，深邃的轮廓让她的鼻子显得更挺，常常在一旁悄悄看着她的我，渐渐爱上坐在她旁边的感觉，那是唯一能够近距离感受到她存在的空间，不管从何种关系来看，这样的距离是最棒的。

我没想过自己会不会喜欢上Sunny，一旦她心里还挂念着某个人，那么我……就不应该有喜欢她的念头存在。想起Joyce和另外一个伟的爱情，如果在两人心中还有对方的时候却爱上别人，那样的结果，我想……会有说不出口的难过吧。

春天悄悄到来，中午休息时间，一如往常地在逃生口的阶梯上吃饭，比较不同的是，秋菊还没出现。

阿哲靠着一旁的扶手，拿着的筷子随着说话而比画："秋菊跟你说过吗？"

"说什么？"

"还没说吗？"

"还没说什么？"

"看画展的事情啊！"

我停下咀嚼动作，开始翻着脑中的记忆，但杂乱的记忆让我找不到有关画展的事情，随即回："没啊，她没跟我说。"

"她要找你去看画展啦！本来是找我们一起去，可是假日我要加班，所以兄弟，只好委屈点，你陪她去啦！"

"说什么委屈不委屈的，陪她去当然可以啊……或者改下个星期，我们三个一起去？"

"下个星期画展就变花展啦！时间早过了！"

我笑了一下，继续咀嚼口中的食物。

突然，逃生门被推开，转头一看，是秋菊。她拿着一沓资料，我们知道她可能连中午都要忙。

“伟，这周末有空吗？”

“哦，好啊。”

“好啊？好什么好？”随即秋菊看了看阿哲，聪明的她知道意思了，回，“那下午一点半，我到你那里去，先这样哦。”

我和阿哲看着满脸笑容离去的秋菊，才又继续吃我们的饭。

突然阿哲用脚轻轻踢了我一下，说：“不要乱对她做什么奇怪的事情哦！看完画展就乖乖回家，知道吗？”

“哈……放心好了。”

其实我早就知道，阿哲喜欢秋菊，只是他一直不敢讲明而已。

如果什么都说出来的话，情况究竟会变得怎样？也许三个人的关系就不再像现在这样，会渐渐疏远吧。这也是阿哲不敢表达爱意的理由，他很重视我们的友情。

但要是秋菊也对阿哲有意思，那么事情不就天下太平了？应该多少都会有点意思才对，毕竟阿哲长得并不差，我想算是优质了吧。但眼光这种东西很难讲，总觉得告白这种事情，是要有豁出去的必死决心才能去做的。

小心翼翼保持着我们三个人的关系，等到思想成熟时，也许大胆表明的话，也不会让这层关系瓦解掉吧。

周末，下午一点二十分，应该是我还在大睡的时候，但因为跟秋菊有约，所以提早起来刷牙洗脸。接近约定的时间，秋菊打电话来了，说她在楼下等我。看了看时间，她真的是一个守时的好女孩，幸好我提早起床……

其实像我这样没艺术天分的人，去看画展总觉得是在浪费时间，那些是很有价值的画，却被我这样不懂欣赏的人糟蹋了，真是不值得。

秋菊知道我和阿哲不喜欢看画展，但一有画展还是会找我们一起去，她说过："我多找你们去看几次，总有一次会懂的。"

因为我和阿哲不想扫她的兴，所以都会陪着她去看，想想这真的是好朋友才会做的事情。

看完画展后，我没有照阿哲讲的乖乖回家，因为秋菊找我去喝下午茶。我们在一间看似典雅的咖啡馆，位子旁有一大块落地窗，我们视线的远方看得到沿海公路，这是一间能够放松心情的咖啡馆。

一到放假外出，秋菊就会变得不像平常在公司见到那样，除了打扮得漂亮以外，话也变多了。她喜欢在我们聊一个段落时，低头把话题或事情记录在一个厚厚的墨绿色本子里，那本子记录了许多我们三个的事情，可以说是一张大容量的记忆卡。

我们在咖啡馆待了很久，在她低头写东西时，我看着沿海公路隔着的大海，想到了Sunny。

不知道她有没有去那里？今天一样会到海边去吗？虽然我人坐在秋菊面前和她聊天，但脑子却拨出一些空间思考着Sunny会不会去海边。

接近五点半时，我在秋菊说了一个段落的话之后，接着说："我还有点事情，回去吧。"

秋菊在我家楼下提醒我记得要吃药后离去，之后我没有上楼，直接往海边去。不知道为什么，总觉得没有到海边的话，Sunny就会突然消失，这样的感觉很强烈，就像梦里的片段一样。

太阳缓缓朝着海平线移动，我站在沙滩上，在游客里搜寻Sunny的身影，没有找到她人以后，我坐在沙子上，静静看着大海。

这时我大脑才突然想到，我是第一次跟秋菊说要提早回去这件事情，以往我们三个人出去，都是玩到很晚才回家。但今天越接近傍晚，我在咖啡馆越会心不在焉，有时秋菊讲了些什么，我都没听清楚，心里只想来到海边，来找Sunny。

此刻，我突然感觉到Sunny好像不是这个世界的人一样，因为在没有看到她的时候心里有一股好大的失落感。

虽然平常看得见她、听得到她的声音，但如今却好像从来都不存在一样。为什么会有这样的感觉？也许要等到周围的人都认识她以后，这种感觉才会不见吧。

躺在一整片松软的金黄色沙滩上，我的目光只是看着天空中那些没有受晚霞映照的云朵，大脑不断在放空。

海风轻轻吹拂着我全身上下，很不可思议的是，风里仿佛有着Sunny 的味道般令人感到熟悉，那样的感觉很舒服，无意间我闭上双眼，一股睡意侵蚀着我的意识……

Chapter 3

“下课喽！”

耳边传来的熟悉声音将我叫醒，睁开双眼后，才发现自己在教室里。闹哄哄的嬉笑声、同学们收拾书包准备离开的画面跟平常没什么两样，但所有颜色看起来都像打上一层雾般淡淡的，我回过神来才知道自己在梦里。

转头看向一旁刚刚跟我说话的女生，还是不如我所愿，她的脸仍然是模糊的，但我知道她跟我之前的梦中所出现的女生是同一个人。

之前的梦，梦里的我总是不敢跟她说一句话，而她也是如此。即使坐在彼此旁边，却什么话都没有说过，两人保持着微妙的关系，刻意不去理会对方。不过从这次的梦来看，我可以推测时间点是一直向后推进的，不知道自己是什么时候跟她搭上话的。

“放学了吗？”我开口问，虽然是蠢问题，但却不能阻止自己提出这个疑问。

坐在旁边的她“扑哧”笑着，接着说：“我想你刚刚那堂课是什么都忘了吧？放学了！爱睡鬼！”

不只上什么课不晓得，就连这个梦从何而来、何时结束我也不会知道。对我来说，梦就像是一出短短的小剧场，演完就没了。

那女生站了起来，对我说：“今天是学期的最后一天了，时间过得好快，暑假一过我们要升高三了。”

她背起书包，说：“希望高三时……”

“什么？”

她不好意思地笑着，接着猛摇着头急忙跑出教室，不一会儿又从教室门口探出头，跟我说再见。虽然不晓得她想告诉我什么，但这样的感觉带着些许青春的羞涩，我不自觉地浅浅地笑着，笑容背后有种心房被敲打的喜悦，好想告诉她这种感觉有多美妙。

这是我第一次跟梦里的自己有感应，情感霎时间融合在一起，同样都为了她而倾心。但等到我说出自己的心情以后，所有周围的景物都像蜡一样熔化了，她的微笑也随即消逝。

我明白，梦将要瓦解，随时都有可能会醒来。我静静地坐在位子上，紧闭着双眼，耳中竟听见海浪的声音，那反复推拉的音频，让我觉得很安心。倾听这安详的催眠曲，不知何时意识渐渐模糊，最后一刻响起的是Sunny的声音……

“听得到吗？”

睁开眼睛后，很快我清醒了，才晓得刚刚是在做梦。整理脑中的思绪后，知道在我眼前的是Sunny的脸，还以为是幻觉，没想到真的是她。坐起身时发现，夕阳落下的画面才刚过没多久而已。

Sunny拨着被海风吹乱的头发，笑着问：“我可以坐在你旁边吗？”

她的笑容让我知道她是故意这么问的，我浅浅地笑了，回：“我已经习惯身边坐的是你了。”

即使知道Sunny还挂念着她心里的那个人，我却仍然无法对自己说谎……对她的心意，随着一天天相处变得充实，对她的情感，也在无意间变得更重。

Sunny对我来说很特别，应该是说……不能没有她。

“怎么会来这里？”

我和Sunny隔着幼儿园大门，她一脸惊讶地笑着问。

Sunny认为我的出现是巧合，但她并不知道我已经好几天中午都绕路来幼儿园了，今天才刚好遇到她在操场扫地。

我也不晓得干吗要花时间来幼儿园，但一直很想跟Sunny说些话，然后看见她的笑容。每天傍晚的约会似乎无法满足我了，空虚总是在我们两个离别的时候萌芽，然后整个晚上都觉得坐立难安，感觉明天就见不到Sunny一样。

因为这样，有时候中午休息时间，我会抽空赶去幼儿园，其实也没别的事情，只是要确定Sunny在不在，给我的不安一个交代。

“没啊，刚刚去吃午餐，想说回程绕来这里看会不会遇到你，结果真的被我遇到了。”

Sunny抓着我们之间的大门栏杆，问：“真的吗？那也太巧了吧！”

“哈……对呀。”看了一下时间，我说，“那我要回去了。”

“嗯，再见。”才刚跟她道别，立刻又听见她叫我：“对了，你吃牛奶糖吗？”

“牛奶糖？”

“小高给我的，就是上次那个……”Sunny故意停止解释，那表情像是要考验我的记忆力一样。

随即想了一下，我知道是谁了。

“那个很酷的小朋友对吧？”

“他比较不常说话啦，给你。”Sunny将一块包装精美的牛奶糖递给我，“上班不要偷吃！”

“嗯，谢谢，那我走了。”

“好，下午上班要打起精神啊！”Sunny 做了一个俏皮的加油手势，一个非常适合她的可爱动作。

从第一次遇到 Sunny 开始，到现在也快三个月了，虽然只是短短的时间，但我们却像是早就认识一般，那种感觉非常熟悉，就跟我那些无法解释的梦有一样的味道。

去见陈医生的时候，除了聊些以往的话题之外，我开始也向他提到 Sunny。总觉得不跟人说的话，Sunny 就好像不存在一样，虽然每天傍晚的见面，让我深信着她是个真正存在的人，但没有看见她的时候，就会觉得她从没活在这个世界一样。

我知道这很矛盾，但也有可能是自己的不安造成如此的想法，但为何会有那股不安感？

“如果你没跟我说的话，也许真的只有你知道 Sunny 的存在哦。”陈医生一贯的笑容和他口中说出的 Sunny，让我稍稍感到放心。

“我这样很怪吗？”

“不，很多人都会有这种想法，越是感到珍惜，越会在意其存在，进而就会有‘不想失去’的想法。”

“但我的感觉比较像是‘曾经失去过’一样，所以才会这么害怕看不见她……”

陈医生笑了笑，说：“也许，你恋爱了。”

跟 Sunny 在一起时，总会有恋爱般的滋味，但让我心里不自在的因素并没有这么容易解释，那种不安的感觉更加强烈，就好像有个声音随时都在提醒着我……

隔天傍晚，Sunny 没有来海边，记得我待了很久的时间，连晚餐都没吃。接下来连续两天，傍晚的海边都不见 Sunny，虽然中午休息时间我都有去幼儿园，但也没这么幸运让我遇到她。

就连下班我也会去幼儿园一趟，但每次去都不像是有人在的迹象，大门紧闭，外头还放了一个上头写着"休息啦"的告示牌，这种信息真是简单明了。

原来跟一个人失去联系是这么简单的一件事情，而见不到对方的心情是那么的忐忑不安。原来，Sunny 已经占据我心里很大的一个区域了。

该不会就这样消失了吧？就像我心里害怕的一样，无声无息地消失，再也没有 Sunny 这个人，还是说……从头到尾是我自己的幻想？

虽然曾这样想过，但无论如何，我无法将 Sunny 的笑容当做是虚假的，与她相处的这些日子，已经变成回忆留在我脑海里。只要有这些，Sunny 就是真实存在的。

没有任何 Sunny 的联络方式的我，好比迷途羔羊般，不知如何是好，只能在海边等待她的出现。

Sunny 消失的第四天傍晚，一如往常，我待到太阳落入海平线后，正准备离去时，后面传来急促的喘息声。

我转头一看，是 Sunny。

见到她以后，我才真正松了口气，心头被堵住的地方顿时全通了，同时也为“Sunny 是幻想出来的”荒谬想法感到可笑。

“好几天没见到你了，有事在忙吗？”

Sunny 点着头，吞了吞唾液，接着吐了口气后说：“对呀，因为有点事情，所以都没过来这里。”

“我以为你消失了。”

待呼吸恢复过来后，Sunny 才坐下：“真的？你很担心吗？”

“嗯……每天看到你已经变成一种习惯了，你突然不见让我感到浑身不自在。”

“如果真的消失的话，我保证一定会在你面前消失的！”Sunny 展露熟悉的微笑，开玩笑似的跟我说。

“怎么会这么喘？用跑的过来吗？”

“对呀！本来是送小高回家，结果中途遇到他妈妈，就由他妈妈带回家了。然后我就用跑的过来，看能不能遇见你，我还担心你不来呢！”

虽然想说些什么，但我比较好奇小高的事情，随即问：“送小高回家？”

“这就是我这几天没来的原因呀。”Sunny 伸直了腿，豪爽地躺在松软的沙子上，仰望着半黑半蓝的星空，接着说："这几天小高的妈妈很忙，没有办法来接他回家，所以拜托我送他回家。"

"小高的爸爸呢？"

"已经不在这世上了，在小高刚上幼儿园的时候……"Sunny 说这句话的时候口气略带哀伤。

原来小高的父亲已经……

Sunny 用手指数着天空渐渐露出微光的星辰，接着说："在小高这样的年纪，应该是最需要家人陪伴的时候，但他妈妈工作繁忙，没办法每天来接他回家。

"我们也是前几天才知道，原来已经有好几次，小高都是自己走路回家的，以往他都跟我说妈妈会在转角前面的超市等他，看他这么乖又这么懂事，我也不怀疑他。

"一直到前几天他妈妈来幼儿园接他，我们才得知事情的真相，也因为多少有点自责，所以他妈妈拜托我时，我马上就答应了，算是弥补我的粗心吧！"

"原来是这样，你真的是很有责任感。"

"我只是……希望能多关心小高。小时候就没有父亲……那是很难过的童年岁月吧？虽然他看起来很坚强，但看到别人的爸爸时，他又会是怎么样的心情？"

Sunny 真的很关心别人，不像是嘴边说说而已，她把小高的事情放在心上，是一个很棒的老师。我们两个突然沉默，像是跌进了哀愁旋涡般，被一股难过的气氛缠着，无法轻易恢复原有的笑容。

在天色笼罩一片黑暗时，Sunny 坐起身子，撑起笑容说："要走了吗？"

我轻轻点着头回应她，随即问："明天放假对吧？"

"对啊，怎么了？"

"我们带小高去游乐园玩，你说好不好？"

Sunny 先是呆了一下，随即露出微笑，开心地说："嗯！好啊！我跟他妈妈说一下，应该没问题的！"

约定了下午一点在幼儿园门口集合后，我们才互相道别，带着愉快的心情，期待明天的到来。

隔天我起得很早，应该说根本就没怎么睡，因为太兴奋。原来我也跟个小孩子一样。

昨天和 Sunny 道别后，想到如果出去玩没有车的话挺不方便的，所以就跑去跟阿哲借车。有钱的他，除了把妹用的车外，还有一辆勉强可以跑的小型轿车借我，虽然外观有待改善，但只要不会开一开抛锚就行了。

我起床梳洗一番，整理了一下阿哲的车子，还顺便帮他免费洗车，早起的时间，都花在车子上面了。

想起陈医生叮咛过，我的身体不宜自己开车，长时间盯着前方再加上不平路段造成的震动，也许会使我整个人浑身不舒服，但……一次而已，我要暂时忘记陈医生的话，相信自己不会有事的。

到了幼儿园门口，见到穿着一身轻便的Sunny和小高，待我摇下车窗后，Sunny才认出我来。

两人上车后，Sunny问："车哪来的啊？你的吗？"

"不是，是我朋友的。"瞄了一下小高，他一副小大人的样子，用手撑着下巴看窗外。

Sunny轻声对小高说："还记不记得这位哥哥？"

"应该不记得了吧？"我笑着替小高回应，因为小孩子哪会记得这么多。

总之，准备就绪后，我们朝游乐园前去。

我们到了邻市的一座儿童乐园，那里有着各式各样的游乐设施，虽然标榜着全家同乐，但有些东西根本就不是小孩子所能承受的，像是恐怖的云霄飞车、自由落体、鬼屋等，感觉都不像是幼儿园小孩能去玩的。

我们挑了些能够一起玩又不会太激烈的东西来玩，因为不只小高无法承受，我的心脏可能也没办法负荷那些。

我们玩了旋转木马、迷你飞机、迷你火车等比较温和的东西，一起拍了好多好多的照片，吃了好多好多的冰淇淋，我们就像小高的父母亲一样，陪着他一起欢乐。

Sunny 非常细心地照顾小高，不管到哪里都牵着他的手，虽然并不是他的母亲，但那样的画面仍然让我能够感受到无私的母爱。Sunny 的笑声温暖了我的心，她的体贴不是其他人能比的，突然……我觉得被她一直挂念在心的那个人，好幸福……

接近傍晚时分，玩累的我们坐在店家外的位子上，看着今天拍的照片，欢笑声不断。在照片里，Sunny 和小高都很上镜，至于看到有我的照片时，总觉得那是张灵异照片一样，看来我实在太虚了。

轮廓似混血儿的 Sunny，非常适合拍照，不管是鬼脸照或是美丽的侧脸照，都与平面模特儿相去不远。有好几张她都说拍得不好要删掉，每删一张我都会觉得好可惜，因为在我看来，任何一张她的照片都很好看。

虽然我想留着那些照片，但还是不好意思跟她说。

等到差不多该回去时，Sunny 低头问正在喝果汁的小高：“今天开不开心？”

“嗯，开心。”小高露出了不常见的笑容，他确实非常开心。

“回家时，想不想跟老师去一个地方？”

“Sunny 老师到哪里去，我就跟去哪里！”

这小鬼头说的话真是单纯又可爱，随即 Sunny 摸了摸他的头，抬头跟我说："我们去那里吧。"

"哪里？"

"我们约会的地方呀。"

从Sunny口中说出的"约会"两个字，让我感到有点心跳加快。

到了海边，差不多是夕阳准备落入大海的时刻，只能说我们来的时间刚刚好。我们在潮水翻覆的沙滩上散步，享受橘红色夕阳的美景，光照射出的影子模仿着我们的动作，画面绘出了一幅浪漫的油画。

坐在沙滩上，欣赏夕阳最后的余晖，小高像是第一次见到一样，频频发出"哇"的叫声。待夕阳完全没入海平线后，Sunny突然站了起来，笑着跟小高说："老师等会儿送你个东西！"

说完，Sunny就跑去前方的海水覆盖的沙滩上，一个人低头不晓得在干吗。

留下我和小高后，我突然有点不知所措，感觉他随时会把我给吞了一样。但总得要说些什么才行，我不想一直跟小高形同陌路，所以以Sunny为话题的开端，问："你喜欢Sunny老师吗？"

"嗯，喜欢。"

"那……你喜欢我吗？"

"不喜欢。"

果然……随即我又问："喜欢你爸爸和妈妈吗？"

“我喜欢妈妈，不喜欢爸爸。”

“为什么？”

小高抓了一把沙子，像是宣泄自己的不满般，往前丢去：“因为妈妈说他去很远的地方，可是我觉得他不要我们了。”

听着小高这么说，我感到一阵鼻酸，这么小的孩子，就要承受没有父亲的事实，虽然事情不是他想的那样，但谁也不愿告诉他残酷的真相。我叹了口气，问：“你对你爸爸还有印象吗？”

小高缓缓点着头。

我对他说：“我对我爸爸已经没有什么印象了，因为在我出生之前，他就不在了。”

看了看小高，这是他今天第一次没有皱着眉头看我，接着我说：“但我不会讨厌他，因为他是我妈妈这一生中最爱的人。我想你爸爸一定也不想离开你，所以你要记得他，好好珍惜对他的记忆，懂吗？”

小高呆呆地看着我，不管他听懂没有，我希望他能记住这些话。

“不能讨厌你爸爸哦，要不然你妈妈会难过的。”

这时忙了一会儿的Sunny，像是捡到什么珍宝一样，兴奋地朝我们跑来，大叫：“找到了！”

她拿给小高的是一个乳白色的贝壳，虽然称不上什么特别，但形状却非常可爱。Sunny蹲下身子，笑着说：“这是老师找好久好久才找到的最好看的贝壳，要好好珍惜，知道吗？”

“嗯！谢谢 Sunny 老师！”

“那来拍张照吧！”我将小高举起，让他坐在我肩膀上，幸亏他小小体格，还不足以将我压垮。

Sunny 拿起了相机，对好焦距，笑着说：“就这样！别动哦！”

“阿伟哥哥……”

我以为自己听错了，但的确是小高的声音，他接着说：“虽然我讨厌你，但我好喜欢今天。”

听到小高这么说，我感到好开心，因为他还记得我。

“要笑哦！伟！你不要装那奇怪的笑容啦！”

我们三个人开心地坐在海边，彼此的欢笑声为今天做了一个完美的结尾。不管以后小高还会不会记得今天的事情，但我相信他……绝对会记起我们曾有过的欢笑。

隔天上班，我整个人心神不宁，不断对着桌上的文件猛点头，每点一次就清楚地知道自己在打瞌睡。

昨天晚上，整理我们出去玩的相片档案，结果看 Sunny 看到出神，几乎有她的相片，我都看好久才换下一张。虽然不断告诉自己不要这么像变态一样，但就是没办法轻易将目光转移，她每一个表情及动作，都让我深深着迷。

等到回过神来才发现已经凌晨两点半了，这也是为何现在这么想睡觉的缘故。

在恍惚期间，同一个文件我已经看了不下数十次，虽然有一半是因为打瞌睡的缘故，但里面有个问题一直让我十分不解。搜寻着同部门最聪明的人，刚好秋菊又从我身边走过，很自然地就找上这位好朋友。

她靠在我旁边，距离非常近，让人着迷的香水味隐隐飘来，然后我眼角余光不小心瞄到的是……她上衣第二颗扣子没扣好，弯下腰后露出了白皙的皮肤和淡红色的内衣边……

“这样会了吗？”

秋菊的话着实吓到我了，虽然自己不是刻意去看那神秘的地带，但听到她的声音会让我有种刚刚在做坏事的感觉。我赶紧装作没事，回：“嗯嗯！我会了！”

“你……怎么了？”

虽然自认为没人能看出我慌张的神情，但我忘了她是秋菊啊！在她面前要装傻，可不是件容易的事情，只好笑着说：“没啦！没事啊？怎么了？”

“我觉得你表情怪怪的，身体不舒服吗？”

“没事！对了，谢谢！这部分我会了！”

秋菊又看我一眼，才叹了口气，轻捏一下我的脸颊，说：“如果不舒服要告诉我哦，先这样。”

看着秋菊离去的美丽背影，很难想象她也会有粗心的一天，虽然想提醒她扣子没扣好，但想想也许细心的她马上就会注意到了吧。

到了中午休息时间，我和阿哲坐在我们的老地方吃盒饭，如果阿哲先来的话，那我们就立刻知道秋菊有很大的概率中午仍然在忙。

吃相豪迈的阿哲，很快就嗑掉小小的盒饭，他将盒饭盒放一旁后，问："你听说秋菊的事情了吗？"

"没有，什么事情？"秋菊是我们公司数一数二的美女，关注她的人自然不少，所以她一有什么动静，几乎全公司的人都晓得了。但有好几次，我都是最后一个知道，明明我们是同部门的……

阿哲发出豪爽又带点不屑的笑声，说："好像是说秋菊明天晚上要去相亲吧，我听了都觉得可笑！"

"真的吗？真有这种事情的话，她应该会告诉我们吧？"但仔细想想，也不是非得一定要告诉我们，毕竟这是她自己的私事。

"对啊！怎么可能的事情！相亲？然后怎样？对方条件合适就结婚生子？如果真有这种事情的话，那个人要先通过本大爷的拳头吧！"阿哲很有架势地挥着拳头，逗得我笑了起来。

下午上班时，谣言终于传到我耳边，虽然觉得很不可思议，但又有几分真实的感觉。

谣言这种东西真恐怖，你永远都不会晓得从哪生出来的，而且最后的版本一定跟原来的版本有所差异，所以说不定最早传的是说“秋菊要去联谊”，口耳相传下才变成要去相亲，啧，谣言这种东西真是匪夷所思……

我虽然想抽空去问秋菊实情，但想想又不太妥当，如果是真的而且她想说的话，会跟我们说的，急着去确认不太好。

我一边上班一边偶尔瞄一眼秋菊，认真、负责，又这么漂亮的美女，怎么会需要去相亲，她应该好好享受突如其来的爱情，而不是那种在一定制式下的恋爱模式。接着我不小心又瞄到她的扣子，她还没注意到……

傍晚过后，我和Sunny一如往常在无人的海边聊天，到了要离开时，她突然拿出手机，拿在我面前，接着没多久听到“咔嚓”一声。

偷拍?

“你拍我干吗？”

“你的手机号码多少？”Sunny不理我的问题，将她的手机递给我，要我输自己的手机号码。当下我有点紧张，因为被人要电话，还是头一遭。

接过Sunny的手机，我用着僵硬的手指，慢慢地按着自己的手机号码，好不容易按好后，她又接着说:“要按拨号哦！”

按下拨号键，等我手机响起铃声时，Sunny才拿回她的手机，开始去设定一些细节。弄好之后她站了起来，笑着说：“我都忘了认识你这么久，都还没有彼此的电话，而且以后如果我有事没来的话，就能通知你了！”

“其实也不用特地……”

才刚说完，Sunny 就和我挥手道别，然后离开。她留下了一些令我心跳加快的气息，前一秒的喜悦还残留着，挥之不去。

所以当晚……我不知道怎的，完全睡不着，只是像个呆子一样，频繁地看着手机，觉得她会发短信或打电话过来，等着等着就睡着了……

隔天早上被闹钟给吵醒，起来后意识到手上还拿着手机，才想到昨天像个笨蛋一样等着 Sunny 的信息，看了看手机，依然没有任何的未接来电及短信，这让我有点失望。

Chapter 4

今天上班有些不同，因为某些原因让我觉得自己变成了红人似的……路过我桌子前方的同事，轻轻地敲了桌子，小声问:“伟，我问你哦，秋菊是不是真的……”

“这我也不清楚。”

“你怎么知道我要问什么？”

“你的问题应该跟前四个人的问题一样吧？”我笑着回应，因为已经有四个人问我秋菊今天是不是要去相亲。

在公司遇到阿哲时，他似乎快被谣言烦死了，现在到了谁问他就破口大骂的地步。那些喜欢八卦的人，怎么不亲自去问问秋菊本人呢?

如此看来，可见她在公司的地位，已到了“可远观而不可亵玩”的地步。

全公司充斥着秋菊要去相亲的谣言，就算原本不太相信的我，也开始对此事半信半疑了。

中午休息时间，我们在老地方吃盒饭的时候，秋菊突然开口问：“伟，你今天晚上有空吗？”

“真的，还是假的？”听到秋菊这么问，我很震惊，但不是因为她问我有没有空，是因为自己脑中所想的已经跳到了她要承认去相亲那一段。

“你反应干吗这么大？而且你这样问有点怪怪的。”秋菊轻咬着筷子，眼睛看了看上方思考着，没多久说，“你是想问我是不是真的要去相亲吗？”

秋菊真的很聪明，省去我解释的时间，于是我说道：“对啊，一堆人说你今天晚上要去相亲，本来还不太相信……”

“哈哈，是呀，今天晚上要去相亲，我妈妈的朋友介绍的，其实也不太想去，但总得给人家一点面子。”

“嗯……”随即我问，“那你问我晚上有没有空干吗？”

秋菊将盒饭放在一旁，两手捧起了她惯用的陶瓷茶杯，擦着唇蜜的丰唇沿着杯缘，一边吹凉里面的茶水，一边回答：“其实我想找你陪我去。”

“陪你去？这样很怪吧？”

“因为……我有点怕怕的，也有点紧张，这几天一直心神不宁的，因为这是我第一次相亲。如果没有熟人在一旁的话，我会觉得很不自在，怕那会儿失礼了怎么办？”

原来……看起来完美的秋菊，也会有这些疑虑，难怪昨天扣子没扣好，应该是分心想这些东西的缘故吧。

“阿哲呢？你没找他吗？事实上他应该比我更可靠才对……”

秋菊摇着头，喝了一口茶后，接着说：“他太冲动了，万一他无缘无故给对方一拳头怎么办？”

听到秋菊这么说，我才意识到，原来不是只有我知道阿哲对她的感觉，连她自己也知道。说得也是，秋菊的观察力细致入微，又这么聪明，怎么可能会不晓得？

“哈……所以就找我？”

“嗯，对不起啦，有点利用你的感觉。”

“没关系啦，这有什么好道歉的，只要是你的事我当然会帮到底啊！”

秋菊露出了美丽的微笑，说：“谢谢。”

这时逃生门被推开，接着是阿哲没好气地说：“烦死了！秋菊，你是不是今天要去相亲啊？”

秋菊没有转头看阿哲，只是淡淡地回：“没有，你听谁说的？”

“我就说嘛！公司的人一直问一直问！我差点气得扁人了！”

阿哲开心地笑着，完全不知道秋菊偷偷对我摆出“要保密”的手势。

相亲是晚上七点的事情，由于要准备的关系，所以今天就没去海边了。我拿着手机，一直在烦恼要不要发条短信跟Sunny说，虽然刻意跟她说感觉怪怪的，但如果我们每天的见面勉强算是约会的话，那还是发条短信比较好。

六点半时，秋菊很准时地出现在我家楼下，真的很佩服她的时间观念。她打扮得非常漂亮，任何能够展现女人美丽的东西，在她身上都能见到。她穿了件低胸的洋装，也不知道胸部那里是不是垫什么东西，变得比平常还要显眼。

她盘起来的头发非常整齐，露出了美丽的额头，看上去很有贵夫人的气质。这也是我平常从没见过的秋菊，那些仰慕她的同事们，如果得知我这么荣幸能够见到不同于公司的秋菊，不知道会作何感想？

回神过来的我，说了句对她的赞美话后，坐上她的车，往市区的一间餐厅前去。

我的任务只要坐在邻近的座位，能够让秋菊看得到就行了，因为这样能够使她安心许多。

快到七点时，对方终于来了，一个打扮端庄的中年女性，后面跟着一个身材高大、脸蛋英俊的清秀男子，那身材跟阿哲相似，同样很壮硕。

接下来的时间，我在一旁看着他们用餐和聊天，对方看起来非常有礼貌，举止动作都很有贵公子的感觉，要配上秋菊这样的美女，我想这样等级的人才适合吧。

等待的时间有些无聊，我看了看手机，Sunny 没有回应我，本来想再发一条短信问她吃饭了没有，但想想还是作罢，等她先回我短信再说好了。抬头看看秋菊，见她似乎非常顺利，我才放心去厕所，解决已经憋了好久的尿。

我一到厕所，才刚在小便斗前面，就感觉到口袋里手机的振动，才振了三下，所以知道是短信。待我解决完、洗完手后，正要拿出手机看短信时，厕所门被推开了，还没看到是谁，我就下意识走进蹲式马桶的隔间，将门给关上，打开短信一看，是垃圾短信……

同时外面响起手机铃声，没多久那个人接起电话，开始和对方谈话，我正打算要出去时，听到那个人说："是啊，在相亲。"

这才晓得他是秋菊相亲的那个对象，所以我决定等他离开再出去好了。

"是个大美女哦，应该很快就能搞到手。"

我有听错吗？这种对话怎么怪怪的？他虽然讲得很小声，但厕所安静得像停尸间一样，再小的声音都变得很大声。

接着那个男的又说："放心啦，你们先准备好那些东西，要把我和她的床上画面给拍好一点哦！记得要拍到她的脸，这样才能向她那有钱的老爸讨点甜头！”

从他嘴里吐出的话十分下流，我听得非常生气。随即打开门，看了看在洗手台的那个男生，是秋菊相亲的对象没错。

只见他转头瞄了我一眼，然后轻声说：“好了，我先挂了，等会儿再跟你说。”

他挂掉电话后，装作没事样在洗手，随即我直截了当地说：“你这混蛋！”

那个男的十分讶异，口气变得强硬：“喂，你骂什么东西啊？我认识你吗？”

“你刚刚在电话里讲什么？”

“关你什么事啊！活腻了是吧！”

“王八蛋！”看了他的表情，我气得朝他冲过去，本来要扁他一拳的，没想到反被他抓住。

接着他骂了几句话后，将我痛扁了一顿！

第一次被拳头扁，感觉好难受，只知道脸快要烂掉一样，我痛到无法站起来，想还手都没办法……

我难过地躺在地上，见到地上都是我的鼻血，感觉好痛苦……好像快挂了一样……

模糊的意识下，我听见他对我嘲笑，然后骂了几句话之后离去。

我躺在地板上，脸颊和肚子隐隐作痛，无法立刻站起来，原来被人扁的滋味是如此难受，电影演得太假了……

可恶……为什么我这么没用？想扁他一拳都办不到……我还能够做什么？可恶……

“在我眼里，你是个超帅气又超有勇气的英雄！”

想起Sunny曾经对我这么说过，自己在她眼里是这样的人吗？如果是的话，那现在躺在地上像活死人的我，不就辜负她了吗？不行……我一定要站起来……至少要扁那混蛋一拳……

我拖着难受的身体，一拐一拐地离开厕所，外面的客人见到我跟看到鬼一样，也许真的很糟糕吧。

我不管其他人惊讶的眼光，推开询问我状况的服务生，到了秋菊那里，正在说话的她见到我的模样时，傻住了。

秋菊她母亲的朋友显得有点惊恐，睁大双眼盯着我瞧。随即那男的站了起来，问:“你到底想干吗？”

“伟！你怎么了？”

等到秋菊叫我后，那男的才惊讶地问:“你认识吗？”

“秋菊……这男的很糟糕！我们走吧！”

“你说什么啊你？！”那男的抓着我的衣领，恶狠狠地瞪着我。

此刻我满脑子想的是……死也要扁他一拳！

“我说无论如何也要扁你一拳！”

接着我用头去撞他的脸，他痛得将我放开，往后退了几步，虽然头很痛，痛到不行，但我还是忍着痛苦，上前扎实地给了他一拳！那男的跌倒时把餐桌都打翻了，店里响起无数客人的尖叫，然后我的拳头好痛……打人有这么痛哦？

“救命啊！”

秋菊她母亲的朋友像只火鸡一样狂叫，这时服务生也来了，还有人准备要报警，这下子难处理了……

正不知该如何处理善后时，秋菊从皮包里拿出了一些钞票，拿给她母亲的朋友后，急忙道歉：“阿姨！对不起！”

接着又拿了些钱给服务生，算是对这间店的赔偿，然后走到我面前，说：“走吧。”

这时那不要脸的家伙站了起来，拉着秋菊的手：“喂！难道你没看到吗？我被他打啊！”

“我只看见他脸上的伤而已，是你做的吗？”

那男的被秋菊犀利的目光瞪着，突然不敢说什么话。随即秋菊甩开他的手，扶着我走出餐厅。

回去的路上，我不知道该说些什么才好，总觉得好像做错事一样。但温柔的秋菊没有怪我，只是不断地关心着我脸上的伤，我顿时觉得好感动。

我坐在副驾驶座上，全身突然变得僵硬，一直很想逼自己说些什么，但又说不出来。

我们沉默了许久后，受不了那气氛的我，问："你什么都不问吗？"

秋菊看了我一眼，摇着头说："我知道你不会平白无故这样做，所以就不想多问什么了。"

"但……还是对你感到抱歉……"

"你干吗要道歉？笨蛋……"秋菊轻轻抚摸着我肿胀的脸，非常温柔地摸着……她问，"会痛吗？"

"当然会啊，所以不要太大力摸……"话还没说完，秋菊的脸突然凑了过来，轻轻地吻了我脸颊……

"伟，对不起，还有……谢谢你……"

那个时候，我对秋菊的感觉有一些变化，虽然只有几秒而已，但……她让我感到心跳加快，就像Sunny给我的感觉一样……

秋菊离开后，我拿出手机，看了以后又再次感到失望，没有任何Sunny的未接来电或短信。

我好想听听她的声音，却不知怎么拨不出号码，或许是因为今天晚上发的短信没有得到她任何回应，因而感觉到自己并没有受到她很大的重视，尽管只是猜测，却还是让我心灰意冷……

隔天午休时间，在逃生门旁的阶梯上，阿哲看着我的脸，惊讶地问：

“喂，你的脸怎么了？”

“没事啊，怎么了？”

听完我装傻般的回答，阿哲放下盒饭，抓着我的脸好似在抓篮球一样，不停地左翻右转，接着问：“什么怎么了？你的脸怎么受伤成这样啊？”

“只是摔倒而已，就是那种从好几楼滚下去的情形。”

阿哲听了直呼不敢相信，继续追问我：“狗屁！哪有人摔倒摔得像被扁一样？秋菊，你说对不对？”

一旁的秋菊故作镇定，喝了口手中的热茶后，回：“不对哦，以前我有一次摔倒就摔得比他还严重。”

“怎么可能？摔倒不是顶多就擦伤而已吗？”

看着阿哲夸张地睁大眼表示不相信，我顿时觉得有点好笑。

我和秋菊说好了，别跟阿哲讲，因为怕他最后去找人算账，事实上这种情形以前就发生过了。那次我只是跟人有点小争执，结果告诉阿哲以后，他立刻跑到对方那里，差点打了起来，所以如果有类似的事情，我都闭口不谈。

阿哲很有义气，很照顾我和秋菊，但似乎过头了。

现在面对秋菊，总有些莫名的尴尬，虽然和她的友情没有什么变化。

但昨天晚上的事情，有那么一瞬间我觉得很不一样，第一次在心里有个疑问，我是否喜欢她？也许是当时的温柔体贴，让我的心有所悸动，不过现在又恢复到以往的感觉，但尽管如此，看到她还是有点怪怪的。

不知道秋菊是怎么想的？

难道对我和阿哲的好，跟其他男生也是如此？

很难想象凡事分得很清楚的她，对每个男生都展现博爱的一面。从她脸上看不出任何改变，昨天的事情像是忘了一般，莫非她真的对每个人都很博爱？……越想越没头绪……

傍晚，我在沙滩上，不断思考着友情和爱情这令人摸不清的东西。

这中间只隔着一条线，如果有机会的话随时都能跨过去，只有很少人可以保持在中间部分，取得平衡。当然也只是想想而已，因为自己不觉得秋菊对我会有任何的情愫在，所以我们是待在同一个地方——友情上，对我们来说，根本没有中间线这玩意儿。

发呆想事情时，夕阳的画面也瞬间没了，天空呈现一片暗蓝色，再一会儿就入夜了。这时像是准时的闹钟般，背后响起了Sunny叫我的声音，她提早来了。

“事情结束了吗？”

Sunny坐下的同时提出了疑问，我思考了她的问题，随即想到她应该是在问昨天的事情。

正要回答的时候，她看到我的脸惊讶地问：“你的脸怎么了？好像被人打过一样，跟人打架啦？”

“没啊……”

看了Sunny一眼，她的眼神盯得我不想找理由带过，想了想后，我告诉她所有的经过，但秋菊那一段则是跳过，因为也没什么必要。

Sunny听完后，皱着眉头看着我，随即语气带着些许的责备，说：“那个男的太过分了吧？另外你好逊哦！”

“没办法啊，自己不是块打架的料，哈哈。”

Sunny叹了口气，将侧面的头发拨至耳后，轻声对我说：“不过，这才是你呀，虽然很笨拙，却有着无比的勇气。”

被Sunny这么一说，害得我都不好意思起来，只是看着黑漆漆的大海尽头，借此转移注意力。

随即Sunny站了起来，笑着说：“走吧！”

“去哪儿？”

“去我住的地方，我帮你擦一种很好的药膏，淤青会好得更快哦！”Sunny伸出了手，示意要拉我起来。

“不用了啦，伤口再过几天就会消了……”

“不行！而且你还没吃吧？等下到我家，顺便煮点东西！”

尽管我说不用了，Sunny依然坚持自己的提议。

她美丽的脸庞凑得很近，自己像是抗拒不了她的诱惑般，被她的笑容深深吸引住了，无可奈何下，只好答应她：“那……谢谢了。”

不一样……还是有不一样的地方，我对 Sunny 和对秋菊的感觉，在复杂的思绪里一目了然。

Sunny 始终给我一股很熟悉的味道，这是独一无二的感觉，只要跟她在一起，就能渐渐对那模糊的一切抽丝剥茧。而且和她在一起，不论怎样都很开心。

Sunny 家其实离海边不远，步行约二十分钟就能到。因为接近市区中心，所以附近都有很多的店家，要买什么都很方便。她没有跟家人一起住，听说家人在国外的样子，说什么她也不太清楚。

直觉是她跟家人很不熟的样子，询问后得到的答案是："也不是说不熟，但对他们就是有种奇怪的距离感，我们的关系像是被隔离似的，有时候会觉得他们不像是我的亲人。"

对我来说，Sunny 也给我同样的感觉，我们之间也存在着奇怪的距离感，硬是要说清楚那种感觉会很累人，答案会比求学时学过的任何一个科目都要复杂。

也许有一天，所有的一切都会有合理的解释，现在硬是去想也想不出个所以然，只是让脑袋提早烧坏而已。

我们拐进了一条小巷，最后一栋五层楼的公寓，就是 Sunny 住的地方。大门旁边有一盏昏暗的路灯，那种光线不像是晚归的妇女同胞可能放心的亮度，Sunny 一个人晚上回家的话安全吗?

“到喽。”

Sunny 指着一楼的窗户，窗帘挡着的房间正是她的闺房。

我们走进大门，映入眼帘的是木制地板，踩在上面地板会随着力道发出不同的腐朽声，而在安静的一楼，这种声音更大。我们穿过了大厅，旁边就是她的房间了。

正要开门时，我紧张了一下，从小到大虽然有好几次进女人的房间，但那是进我妈的房间。如果这不算的话，那这次才是我第一次进女人的房间，感觉有些紧张。

打开门后，当然是黑漆漆一片，待 Sunny 摸了门的后方一会儿，终于让她找到了电灯开关，她笑说：“开关虽然在门后，但是很里面，每次都要摸老半天才摸得到！”

灯亮了之后，哇……她的房间，好多娃娃！

床头摆满了大大小小的绒毛娃娃，角落也有一只和她等身大的熊娃娃，就连窗户旁，也有好几只娃娃在站岗。木制地板上铺了一块毛料的粉红色地毯，连其他家具都偏向粉色系的，简直到了儿童的内心世界一样，好可爱。

见我看得连嘴巴都忘了闭上，Sunny 感到有些害羞，说：“很多娃娃吧？我从小就很喜欢娃娃，而且老家还有更多呢！只是没办法全部跟我过来。”

“真的好多娃娃，如果它们有一天动起来怎么办？”

Sunny 听了先是迟疑一下，随即打我的头，不悦道："不要说这么恐怖的事情啦！"

"但是……真的动起来的话你不觉得很棒吗？女生不是都会认为，如果自己的娃娃能够动起来的话，这样就能一起玩了？"

"虽然是有这么想过，但还是会觉得可怕啊！像是有的电影不就讲娃娃杀人的吗？"

我很少看电影，所以也不晓得有没有，也难怪她会这么害怕了。

"你等等哦。"

Sunny 要我坐在她的床上，一坐下就觉得弹性十足，让我不自觉玩了两下。接着她在柜子里找了一会儿，拿出了一瓶跌打药酒，说："同事给我的，很有效哦！"

随即Sunny坐在我旁边，用药酒轻轻为我推揉伤口。近距离看着她，才发现她的眼睫毛又长又翘，鼻子也算是挺，那诱人的眼眸和看似柔软的嘴唇，很有规律的呼吸气息轻吐在我脸颊上……我开始觉得不好意思了！

"轻一点儿！好痛！"

突然 Sunny 将按摩的力道加重，痛得我叫了出来。见我反应这么大，她皱着眉头说："这种药酒要大力一点儿擦才行啊！忍耐点儿！"

"可是……你太大力了啦！"

我痛到频频躲避，没办法好好擦的 Sunny，只好将药酒交给我，无奈道："好吧！那你自己擦好了！"

接过药酒后，正要擦时她跟我说："对了，你头转向门那里。"

"为什么？"

"转就对了！"接着Sunny用手不客气地将我的头转向另外一边，然后再次提醒，"不要转过来哦，要不然你就死定了！"

虽然不晓得她要干吗，但我还是乖乖照做。没多久听到柜子打开的声音，还有衣架撞击的声音，Sunny在拿衣服吧。

等等……她该不会要换衣服吧?

"喂，你在干吗？"

"换衣服。"

突然我停止了擦药的动作，像是被石化一般，Sunny也太相信我了吧?

接着我听到衣服摩擦的声音，身为男人，大脑在这时开始想象那些换衣服的过程，虽然看不到，但那些细微的声音足以构成画面了。

"你是不是在想什么色色的东西？"

"啊？没有啊！"

"没有的话那你动作干吗停止啊？一定在乱想什么才停止动作。"

"没办法啊！谁叫你要在这里换衣服！虽然叫我不要看……但还是会去想啊！不过你放心好了，我想象力不够，所以想的事情不多！"

听到我这样说，Sunny笑了出来，说："不知道要怎么说你才好!

好了，可以转过来了。”

转头后，见到Sunny正把脱下来的衣服放在桌子旁边的篮子里，她换了件短裤，嫩白的美腿很大方地露出来，会让人舍不得将目光移开。

“擦好了吗？”

“嗯。”

接着她把药酒收回去，然后低头看着脚边，那是她一贯的思考动作，将食指放在下巴的动作非常迷人。突然她拍了一下手掌，笑着说：“我来煮面好了！”

“煮面？”

“不是说好要煮东西给你吃吗？我们去顶楼的天台吃！你先上去等我好了！”

顶楼的天台很空旷，我靠着水泥矮墙，欣赏着另一条巷子的景色和稍远处的热闹市区。低头可以见到我们刚刚经过的路线，长度跟走的感觉不成正比，总觉得从巷头到这里，要更久的时间。

发呆的同时，我抬头看着数不尽的星星，由于光污染不严重，天空闪着的星星像是儿童绘本里的连连看一样，每一个星星都能用无形的线连起来，描绘出心里构成的各种图形。

夜晚的风很凉爽，再加上十分安静，非常适合一个人发呆，像我脑袋就不知道放空多久了。等回过神来时,我注意到旁边的窄小平台上,放着一个类似盒子的东西，还有几支手持烟花和打火机，不知道里面装的是什么。

正打算拿起来看时，背后传来 Sunny 的声音:“我来了！”

Sunny 端着两碗材料丰富的面，本来还以为只是泡面而已，看来太小看她了。

我们靠在矮墙上，边吃着面边开心地聊天，这种感觉很特别，即便是做着平常的事情，但只要是跟 Sunny 一起去做，就会感到充实、愉快，她给我的就是这样的感觉，我想这会是个难忘的回忆。

吃完面后，我们谈天说笑许久，但我仍很想问旁边平台上的盒子。就在我们关于电影的话题结尾时，好奇心使我脱口而出:“旁边有个奇怪的盒子。”

Sunny 像是早就知道一样，连看都没看就回:“嗯，那里面装的是蛋糕。”

“你怎么知道？”我轻轻拿起纸做的盒盖，里面果然是蛋糕，但只被吃了一口而已，看起来已经坏掉了。

“我知道啊，因为那是我的蛋糕。”Sunny 收起笑容，说，“昨天是我生日。”

“昨天？真的吗？那怎么把蛋糕放在这里……”

“因为……昨天我一个人在这里过生日啊，只吃了一口而已。”

不知道为什么，听见Sunny这么说，我感到有点难过……

“那个……抱歉，如果知道是你的生日，我应该会跟你一起过才对。”

Sunny笑了一下，摇头说：“干吗道歉？这又没什么，反而是我应该道歉才对，因为心情变得有些不好，谁打来电话或发来短信都没有看，所以没有回你短信，对不起。”

听到Sunny这么说，我觉得难过的心情突然豁然开朗，本来还一直在乱想她对我的感觉，现在总觉得自己像个蠢蛋一样。

“可是，如果只是一个人过生日的话，我想也不会开心吧？”

Sunny没有回答我，我们俩陷入了短暂的沉默，我正想要开口说些话时，她说：“是啊，一个人过生日，根本开心不起来……”

突然Sunny像是要把心中的话道尽一样，接着说：“昨天拿着生日蛋糕和仙女棒上来，我根本不知道为什么要这么做，总觉得以前好像有过这样的事情发生，我的动作像是忘不了一样，很自然地就这么做，同时心里有一种极为空虚的感觉，感觉好寂寞……好难过……

“我真的不知道为什么会这样。吃了一口蛋糕后，我像是崩溃了一样，泪水怎么样都止不住，心里不断涌入沉重的悲痛……为什么会这样……我解释不出来……”

Sunny擤着鼻涕，她哭了。虽然听不懂她说的话，但我知道……这一定跟她心里挂念的那个人有关……

虽然想安慰她，但不知道该说些什么，只能在一旁听着她的哭声和她一起分担悲伤。Sunny是个好女孩，看着她这么难过，我心里非常痛。她的每一滴泪水像是揪着我的心一样，因为牵连着而感到无尽的悲痛，也许她压抑了许久，所以才会这样流露真情。

等她情绪稍微平复后，说话笨拙的我，没有想要用言语让她开心，只是不断想着为她做些什么事情。看了看一旁的仙女棒，我问："你带手机了吗？"

Sunny擦着眼泪，轻轻点了点头，接着从口袋里拿出手机，打算交给我。我笑着说："不是要你手机啦，你等等哦。"

接着拿了一旁的仙女棒和打火机，我再次告诉Sunny要她等我，然后就用最快的速度下楼。到了楼下后，我先是好好喘会儿气，抬头看着顶楼的Sunny，拨了通电话给她。

很快地Sunny接起电话后，带着鼻音问："怎么了？干吗跑到下面去？"

"你看着哦！"

我将仙女棒点燃，趁着火花四射的时候，高举它开始写起字来。这过程很艰辛，因为要思考字体的笔画和方向，还要尽量把字体写得很大，像个笨蛋一样来回走来走去的，足足花了好几根仙女棒才写完，简直让人神经衰弱啊！

我尽可能写得工整，但Sunny能不能看出来我就不晓得了。一直到最后一根仙女棒烧完后，我问："知道我写什么吗？"

“我怎么会知道！”

Sunny笑着回答，也许我的动作很蠢吧？

“很简单啊，就是‘生日快乐’！”

听到后，Sunny没有说什么，但我感觉到她似乎又哭了。

本来还以为搞砸了，但随即她回：“你好蠢哦……我怎么会知道你写什么……”

“那我用说的，Sunny，生日快乐，虽然晚一天……但我已经记住了，不会忘记的。如果可以的话，我会陪你过每一个生日，两个人一起过的话，就不会难过了吧？”

我顿了下，接着说：“过生日的时候……要笑哦！”

“谢谢……”

虽然无法看清楚Sunny的表情，但从话筒里的声音可以清楚知道，她喜极而泣，接着开心地笑了。

接着，透过手机的话筒，她问：“可以补送个生日礼物给我吗？”

“要我送你什么？”

“陪在我身边……这个夜晚。”

听到Sunny这么一说，我整个人惊讶得说不出话来，心跳动得很快，不管怎么样，这句话总是会让人感到有些遐想……

但随即Sunny似乎知道我脑中的胡思乱想，她赶紧澄清：“不要想歪了！我是指，我们去疯整个晚上吧！”

我为自己不纯正的想法感到尴尬，不过想想，从这么漂亮的美女口中说出这种话，能不想歪的应该很少才对，当然这也只是安慰自己是个标准男人的借口啦。

“好！那就是给你的生日礼物吧！”

Sunny 听完以后开心地笑了，她的笑会让我感到心里有一种悸动，会让我意识到，为了她做任何事情都会是值得的。

Chapter 5

我们逛遍热闹的市区，虽然肚子不饿却还是吃了不少的小吃。逛了很多店面及摊位，还在娃娃机上交了大把的学费，才钓到一个看起来很呆的企鹅娃娃。

随后，我们还去打保龄球，从没打过的我，每次丢球都觉得自己的动作跟笨蛋一样，手脚不协调得好像得病似的，让在后面的Sunny笑翻了天。

我们还在二十四小时营业的快餐店待了许久，彼此有着说不完的话，天南地北地聊到身边的客人越来越少，我们仿佛是不会累的机器人般，心情一直处于亢奋状态。

跟Sunny一起拥有这些难得的体验，都是我无法轻易遗忘的，只要有她在，即便是再无聊不过的事，心情也会变得有所不同。而且内心会期待着，能够一直见到她，这种感受就像是上瘾般，戒都戒不掉，期盼她能够无时无刻在身边、随时随地见到她让我着迷的微笑。

不知道是不是话停不住了，Sunny突然说好想用另外一种出声方式——唱歌，来延续我们之间的互动。

虽然去KTV对我的身体来说是不太好的，毕竟要一直待在封闭的空间里，呼吸不到新鲜空气的感觉会让身体产生异状，但很显然的，我无法拒绝。

Sunny唱歌时，又有着不同平常的美，虽然知道她的声音唱起歌来应该会很好听，但是实际听到以后，才知道不只好听，根本就是天籁。而我呢……先不论音是否有到位，我承认自己的声音像是头猪被杀一样的凄厉。

但Sunny并没有露出厌恶的表情，反而还跟我一起唱，除了让我很感动之外，对她也有种莫名的愧疚感。不过我唱的歌实在不多，这中间一直假装跑厕所而出去外面喘气，只因包厢里面的空气让我虚弱的身体实在不好受。

到了快早上时，我们包的时间也到了，走在无人的马路上，仿佛整座城市都像是被包下来一样，让我们恣意游走在任何角落。Sunny步伐有些凌乱，因她刚刚喝了不少啤酒，一路上有点胡言乱语，声音穿过整条街道，像是要把所有人都吵醒一样。

站在天桥旁，准备过马路的时候，在无预警的情况下，Sunny 突然牵起我的手，就算意识到她可能是因为喝醉而不知道自己在做什么，但一时间还是会被吓到，我浑身变得异常僵硬。

虽然在 KTV 时也因为两人坐得太近而让我有点不好意思，但是这样的直接接触，感觉是大大的不同。

深深吸了一口气，看着 Sunny 那勾人魂魄般的迷蒙眼神，我紧张得说不出任何话，不管她是不是真的醉了，这样的举动还是会让我心跳加快。

“好久没有走天桥了。”

“要走吗？”

“嗯！”

虽然这时根本没什么车子，但我们还是照着 Sunny 的意思去做。

接近凌晨的城市会让人没有安全感，尽管偶尔会有汽车、摩托车经过，便利店的灯光依然亮着，但整个城市寂静、冰冷，已失去了真实，仿佛让人活在自我幻想出的世界里，永远都醒不来似的。

天已微微亮起，先是云朵披上淡蓝色的衣裳揭开序幕，紧接着是一道道曙光从消失的地平线中射出，划破一片沉寂的黑暗。

见到早晨即将到来的一幕，我们走到天桥中央时停下脚步，倚靠着栏杆，欣赏从两栋大楼中央缓缓升起的太阳。

暖和的太阳吞噬掉黑暗，任何角落无不染上金黄色的颜料，光线虽令人感到刺眼，却仍然舍不得将目光移开。

“咔嚓！”就在我看得忘神时，听到Sunny拿出手机将日出给照下来。夹杂在大楼间的太阳，从镜头呈现出的画面非常的圆，大楼一片黑色玻璃折射的黄金色光线，让照片的色泽显得更加耀眼。

“拍得真好，可以传给我吗？”

就在我发问的时候，Sunny悄悄把头靠在我的肩膀上，她一脸微笑，红润的脸颊看来有些可爱，像是睡着般安详。

“先让我靠着一下，这样的感觉真好……”Sunny闭着眼睛，像是说着梦话一样，“谢谢，这是我收过最棒的生日礼物了……”

我浅浅地笑着，内心感到十分的温暖。

就算这一生中只有一次这样与你看日出的机会，不管经过多少年，我都会牢牢记得这一刻所发生的事情和感动。

也不会忘记……这一瞬间意识到喜欢上你的感觉是如此让我心动不已。

“那么……到时请全体同人能够踊跃参加！解散！”

董事长一声令下，笑眯眯的眼神告诉大家他有多么开心，然后一贯地将手背在身后离去。

我们部门的同事开始小声地讨论起来，关于下个月即将举办的员工活动，也是全体人员一致票选通过的“游泳大赛”。

听说奖品很丰富，前十名都有奖品，其中前三名的奖品金额都是万开头的，真怀疑公司是不是瞒着我们赚了不少。

为了体恤员工的辛苦，举办这样子的活动，一方面是联络同事间的感情，一方面是透过竞赛来激励人心。这样的传统早在我到这间公司前，就一直存在着，而比赛项目是由公司提议，由员工表决的方式决定。

不知道最早比过什么，但我记得去年也是游泳大赛，这样的结果根本不需要去猜，看大家都在热烈讨论着秋菊穿泳装的样子就能得到答案了，我想赞成游泳大赛的票，有一部分是秋菊后援会投的吧？

依稀记得，去年的比赛，秋菊是第二名，或许跟她以前在学校是校队的原因有关，所以才能在众多男生里脱颖而出，不负她“美人鱼”的称号。

本来应该不会参加的我，在看到某样奖品后有些心动，促使我产生试试看的想法。但是自己不会游泳，连这最基本的能力都没有，要如何与人较劲？还有我也担心身体的状况，现在看似没问题，但也不知道实际下水后究竟会如何。

虽然也有想过用现金交换，不过这样就失去了辛苦努力获得的那种滋味，我不认为自己有实力能够赢得比赛，但是能够参加的话，或许会有奇迹也说不一定。

五月，不知不觉就过完了，我想是因为认识Sunny的缘故吧，因为自从生活里出现她以后，总觉得时间都是飞快地流逝。也许时针、分针和秒针，在我们不注意的时候，都是用惊人的速度在转圈圈，等到想到时，才又恢复原来的龟速，这样想有些天方夜谭，但又很贴近感觉。

在这些日子里，我和Sunny度过了很多开心的时刻，除了傍晚的约会外，偶尔晚上也会聊上一会儿电话或互发几条短信。

慢慢相处以后，才知道她是个心思细腻的女生，也从中得知了很多她内心世界的事情，像是她心里挂念的那个人。

有时候Sunny会跟我谈起他，但在一旁听她描述的我，总是感到十分模糊。她就像刚从睡梦中醒来一样，意识不清地跟我说话，会让人很难去想象相关的一切到底是怎么一回事。

Sunny曾说过："认识他就像在做梦一样，当时我无法知道究竟是真是假，只有在我醒来之后，泪水的温度才能让我感觉到真实。"

每每想到那个人时，Sunny总会露出难过的表情，尽管求学时代的模糊记忆让她忘了对方的长相，但却仍然记得他们之间的约定——再一次见到对方。

这是多么浪漫的约定，是多么感动的回忆，但这背后隐藏的……也许是遗憾吧。连对方长相都不记得了，只留有他给过的温柔，这样真的能再一次见到面吗?

不知怎么，Sunny 的事情，让我想起了 Joyce 的瓶中信，一切看似美好，却令人感到深深惋惜。

看起来乐观开朗的 Sunny，其实内心并不如外表般坚强，她和我一样,很多地方都在逞强,因为我们只想试着表现平常,然后去逃避……

比如说,我喜欢她这件事情,只要一想到她还挂念着心中的那个人,就会打消我想对她坦白的念头……

如果心里有着对方的存在，有可能会忘记他吗？甚至连长相都没印象了……

尽管这中间有着些许矛盾，但我仍相信 Sunny 说的是实话，这世界有着很多脱离常识的事情发生，不管是我丧失记忆也好，Sunny 记不得也罢，很多事情……我们根本无从解释清楚。

傍晚夕阳落下后，那段转变成黑夜的时间，是我和 Sunny 待在沙滩上聊天的时光，聊着聊着也不知怎么聊的，和她提到了想参加游泳比赛的事情。

在听完之后，Sunny 眨着眼睛，任由睫毛恣意吸引着我的目光，问:“可是，你不是怕水吗？”

“怕是会怕……但如果去面对的话，应该就会免疫了吧？”

我低头用手指戳着软软的细沙，开始在想最近好像不太怕水了，或许是常跟 Sunny 玩水的缘故?

Sunny 轻声发出“嗯”的声音，先是低头看着脚边思考，接着自信满满地对我说：“那我来教你游泳吧！”

“可以吗？其实我本来就想拜托你，但想想短时间内不会有多大的成效，而且也怕麻烦到你。”

“才不会呢！如果你因此获胜的话，我也会感到与有荣焉啊！而且游泳本来就是一件不难的事情，会或不会在一瞬间就能决定了！”

突然 Sunny 起身，拍了拍裤子上的沙子后，使劲将我从沙滩上拉起，像个小孩似的笑着说：“那我们开始吧！”

“现在教？”

“对呀！反正穿着衣服下水又不是第一次了！”Sunny 拉着我朝浪潮处前进，高声道，“放心，我知道你身体的状况，一开始不会太激烈的。那么……‘Sunny 的游泳教室’，开班喽！”

Sunny 嬉闹般把我推入浅滩，表情开心极了。

我们不管身上湿透的外衣，像极了孩童般打闹戏水，在翻腾的海浪声之中，能够清楚听见彼此开心的笑声，仿佛所有的画面我都曾经体会过，也许在想象里，也许在梦里，但不管是哪一种，都没有像现在感到的如此真实。

我开始害怕，将来如果又发生像高中那样丧失记忆的话，该怎么办？我不晓得如何失去记忆的，也不记得那是什么样的记忆，如果再一次发生这种事情的话，怎么办？因为，我并不想就这样忘记和

Sunny 的点点滴滴……

也许，在高中那一次失去记忆之前，我也曾经这么担心过……某一次的流泪，或许就是感到难过的本能所表现出的情感吧……

所以现在能够拥有这段时光的我，可以说是最幸福的。

自从“Sunny 的游泳教室”开班以后，现在傍晚到海边，我都会把泳裤穿在裤子里，不过只穿着一条泳裤在 Sunny 面前时，还是会有种不自在的感觉。

每当夜幕低垂时，我们就像夜里被禁止外出的顽皮小精灵般，倚靠着马路旁微弱的路灯光线，在无人的海边进行游泳训练。

Sunny 是个很好的老师，她只要说一遍我就能了解其中的意思，而且不管游得如何不好，她都不会大声斥责，总是很有耐心地重复教学，真不愧是幼儿园老师，或许她把我当成小孩子在教也说不定。

要在短时间之内学会游泳的话，首选就是蛙式了。

第一次游的时候，总觉得自己好像肢体障碍一样，脚总是会打结，常常游出奇怪的姿势，逗得 Sunny 捧腹大笑。

傍晚的练习再加上假日的特训，经过了两个星期的学习，我总算称得上是会了，就跟她说的一样，会不会只是一瞬间的事情，我也是无缘无故就会游了。这种突然就会的感觉，好没有满足感。

假日的下午时分，在温暖的阳光下，我和 Sunny 依然持续着游泳的练习。已经练了许久的我，似乎练得稍微过度了，我感到呼吸有点困难。为了尽快学会，这两个星期我像是忘了身体状况一样，待在海里的时间变得越来越久，这样滥用自己的身体，也难怪它会发出警告。

上岸后 Sunny 拿了条毛巾给我，表情担心地问："还好吗？"

"现在好很多了，刚刚有点喘不过气……"

"那先休息一会儿吧。"

我用毛巾擦拭着头发和身体上的海水，赶紧套了件短袖，躲进 Sunny 借来的大型遮阳伞下。

坐在她旁边，我有点骄傲地说："刚刚我游的距离又变远了。"

"是呀，你还很有天分的嘛！"

"那是因为有好老师指导啊，我想今天游的距离勉强能参加比赛了。"

Sunny 笑了笑，叮咛道："比赛的时候如果撑不下去的话，就不要勉强哦。"

"放心放心，我可以的！"

突然 Sunny 像是注意到什么一样，直盯着我左手臂瞧，没有等她发问，我说："胎记。"

"胎记会长在手臂上吗？"

这问题让我皱了一下眉头，有规定长在哪里吗？

"有人还长在屁股上呢，我相信长在手臂上没人会跟我计较的。"

“哈哈！”Sunny 凑近了些看，像是在瞧一件稀世珍宝一样，“它长得好像一个翅膀。”

“是吗？你想象力真丰富，我觉得它长得比较像是路边的石头。”伸长脖子看了看，也许是由上而下的角度让我觉得像石头吧。

Sunny 越看越入迷，接着用手轻轻摸了摸，低声道：“我好像在哪里看过……”

“这是电影中才会出现的台词和情节吧？”

我笑着回应，但却惹来 Sunny 的不高兴：“我是说真的！”

“你是指胎记还是形状？”

“都有，感觉在哪里看过一样，好怪哦。”

Sunny 思考的模样，专注中透露着美感，不断吸引我的目光，她用食指轻轻描绘着胎记的轮廓，画得我有点痒痒的。

虽然是假日，但来海边玩的人却不多，几秒就能数完了，如果有那种卖冰淇淋或饮料的活动车，应该会吸引更多人流。

看着远方坐落在沙滩上的废弃小屋，木板有些腐朽，看上去随时都有可能垮掉的样子，很难想象它是否有过光鲜亮丽的一面。

没话聊的时候，Sunny 常常会一个人摸东摸西的，就像静不下来似的，我眼角余光总是瞄得到她美丽的身影。

突然 Sunny 像是想到了什么一样，美丽的脸蛋凑近，打断了我的发呆，表情透露着一种期待，问：“我们去看电影好不好？”

“电影？”

其实她提到了陈医生禁止我做的其中一项事情，因为我的身体没办法长时间待在密闭空间里，无法适应不流通的空气。如果真的要去看电影，我应该会跟上次去唱歌一样的情形……

“是啊，上个星期帮同事做了一些事情，她给了我两张票，刚刚才想到兑换日期到今天为止。本来想说没人陪我去看的话，只好自己去了，所以……要不要去？”

不可否认，Sunny 问我时的表情，真的会让我不敢直视她，那种美丽中带点俏皮的样子，实在很难拒绝她。见到她期待去看的模样，没想多久我就回：“好，我们去看电影吧。”

“嗯！晚上七点哦！等会儿先回去准备一下！”Sunny 开心地哼着曲子，头还会随着摇摆，那模样可爱极了。

记得以前曾看过两次电影，都是自己一个人去，因为想测试看看，坐在电影院里身体到底会出现什么异状。虽然看完整场电影下来，都没发生什么太大的问题，不过里面的空气，对于我来说宛如要使我窒息般，频频让我出影厅喘口气，所以电影在演什么，我都不太晓得。

不过跟前两次独自看电影的经验不同，这次是 Sunny 的邀约，让我整个人快活了起来，喜悦涌上心头，那是种无与伦比的快乐心情，不是因为对她有什么特别的感觉，而是莫名就感到开心。

和她待在一块时，那种感觉是特别自在的，和她一起做任何事情都是令人值得期待的，就像晚上的约会一样。

不过，计划永远赶不上变化，的确是这样，因为接近七点的时候，跑去参加大学同学婚礼的秋菊和阿哲，打电话给我说他们到了我住的地方楼下。打来的时候，我刚换好衣服，正准备要走出房门。

"我们回来喽，走吧。"

"走？去哪里啊？"

"吃饭啊。"

"啊？吃饭？那个……"

秋菊问："该不会有事吧？"

"有啊，等会儿有事情。"

"可是，我们不是说好了吗？"

对……对了！我真糊涂！印象中好像如秋菊所说的，的确是约好了。这下子难堪了，我完全忘记有这件事情！

电话那头传来阿哲在一旁问我有什么事情的声音，秋菊说了他一下，随即问："也不是啦……临时有事吗？"

"那你等会儿要干吗？"

我发现自己实在不会说谎，不知道在吞吞吐吐些什么。不想找理由的我，只好坦承道："等会儿要……跟朋友去看电影……"

"看电影？"

秋菊的口气十分惊讶，这也难怪，因为我从来都没有跟她或阿哲去过电影院，也是因为身体的关系。

随即她的音调有点上扬，像是在责骂我一样地问："身体都不管了吗？"

接着又传来阿哲细微的声音，像是急忙打圆场说："只是看一场电影的话，又没关系……"

秋菊像老妈子一样数了他几句，口气变得好凶。

"应该……不会怎样啦，你太小题大做了。"

"可是……我们不是早就约好了吗？"

"抱歉，我真的忘记了，因为电影票的兑换期限到今天，不去看的话有点可惜……"

秋菊叹了口气，说："如果是这样的话，没关系，我可以谅解，但我还是不放心。"

"放心好了，不会有事的，真觉得不舒服的话，我再出去外面透气就好了。"我看了看时间，再不去就迟到了。

正要挂电话时，秋菊突然说："我和阿哲也一起去。"

"啊？"

这次换我叫得很大声，秋菊真的担心过头，已经变成一种固执了。

"我们的票是免费的，如果你们也要去的话就要另外花钱买了……"

才刚说完，电话那头又传来阿哲的声音："没关系！我出钱！"

“啊？这……”

“我们在楼下等你哦，先这样。”秋菊不管我的为难，说完就挂电话了。

看了看时间，我心里变得焦急，也十分挣扎，在想着如果一起去的话方便吗。就某些层面来说，这算是我和Sunny的单独约会，跟每天在傍晚约会的意义不同。而且连说都没说就带两个朋友去的话……Sunny会尴尬吧？

啧！面对秋菊的坚持，我实在没办法，无奈下只好先拨给Sunny，跟她解释一下……

接着我打电话给Sunny，她很快就接起来了：“正要打给你，没想到电话就响起，吓到我了！”

“怎么了吗？”

“是要跟你说再晚个十分钟过来，因为我怕我还没准备好。”

Sunny不好意思地说着，我能理解女生拖时间的理由，跟她表示知道了以后，换我不好意思地说：“那个……我忘记今天跟朋友约好要去吃饭了。”

“啊？真的吗？那……我们……”

我很快接下去说：“我们一样去看，但是他们也想一起去，所以问问你，这样可以吗？”

“嗯……是可以啦，但是……”Sunny笑着说，“我们要看的是恐怖片哦，听说很血腥的，他们会喜欢吗？”

恐怖片？这样一说我开始怀疑自己会不会吓到停止呼吸了，前两次看电影都是看那种会让人睡着的剧情片，在大屏幕上看恐怖片，这还是头一次。不过换个角度想想，也许秋菊会怕这种片子，然后打退堂鼓也说不一定。

“所以你不会介意喽？那我跟他们说一下，如果他们不要去的话我们一样去看。”

“嗯。”

“我先过去等你，你慢慢来就行了。”道声再见后，我赶紧跑下楼，见到熟悉的把妹用车子——阿哲的车。右边副驾驶座的车窗摇了下来，出现的是秋菊美丽的脸庞，她绑了个马尾，露出的脖子部分相当性感。

向他们说明了以后，看到秋菊皱着眉头的样子，想说她也许不会去了，不过随即的回答浇了我一头冷水。

“好，我们一样要去。”

“啊？可是……恐怖片你不是不喜欢吗？”

“不喜欢但还是可以看啊。”

秋菊的表情很凶，口气也很不高兴，一旁的阿哲苦笑着，说：“因为你忘了我们约好的事情，所以秋菊姐姐不高兴喽！”

阿哲玩笑般的话才刚说完，秋菊就狠狠瞪了他一眼，使他整个人像被石化一样，动都不敢动，只有眼珠拼命地在她和我之间转动着。

“伟，你变得很奇怪哦，好像不想让我们跟去一样。”

聪明的秋菊像是看穿我的心一样，让我无法反驳她的话。也不是说不想让他们跟去……事实上我也不知道自己在想什么，只想很单纯地跟Sunny两个人去而已，也许这样想的我的确怪怪的。

见我没有回答，阿哲又接着插话道：“对方可能是女生哦，难怪不想我们跟去！”

“是吗？”

秋菊犀利的眼神盯着我瞧，在某些层面上，这比看恐怖片还要吓人，随即她说：“你忘了我们说好的事情，所以没办法阻止我们跟去，上车吧。”

秋菊似乎真的为了我忘记吃饭的事情而生气，在她面前我仿佛像个做错事的孩子一样，什么话都不敢吭一句，只能乖乖上车……

Chapter 6

夜晚的路灯不用人提醒，时间一到就很有秩序地一个个亮起。马路上人和车辆仍然很多，虽然已过了下班和放学的高峰时段，但却不减其忙碌的情形。

我在 Sunny 租房子的地方，打电话给她，随即见到一楼窗户的窗帘被拉开，紧接着露出的是 Sunny 的笑脸。

她跟我说“等一下”之后，没多久房间的灯熄了，高跟鞋踩在木板上发出的声响慢慢移动着，没多久正门被推开，看到她我先是惊讶了一下，眼前令我眼睛为之一亮的美女是 Sunny 吗？

她穿着露香肩的粉色上衣，搭了一件我从没看过的迷你裙，顺着白皙的美腿下来，是一双细跟的黑色高跟鞋，那没有多余脂肪的小腿，着实将我魂魄都迷住了。跟平常不同的还有头发，很明显变得更卷更翘，那一圈圈的波浪拥有着成熟的韵味，和单薄的穿着很搭配。

平常看到Sunny，都是穿着牛仔裤居多，也稍微知道她的身材应该不错，但没想到换了穿着后，简直像换了个人似的，现在的她比较像是常往夜店跑的靓妹，跟秋菊这气质美女有着完全不同的感觉。

Sunny看了看我，不好意思地问："我这样很怪吗？"

"啊？没有啊！干吗这样问？"

"因为你表情变得很呆，所以我在想是不是很怪……"Sunny低头看着自己的穿着，接着说，"应该还好吧？"

"很好看，跟我平常看到的截然不同。"

"如果平常去海边这样穿才叫怪吧？"Sunny露出笑脸，那俏丽的眼睫毛像是快门一般不经意闪着，牵动着我的视觉神经，只是看着就会深深着迷。

"嗯，也对哦。哦，对了，最后的结果是……我朋友他们也要一起去，可以吗？"

"嗯，没关系啊。"

"那要先去吃饭吗？"

Sunny将食指放在下巴，眼睛很自然地看向一旁思考着，接着说："如果要先去吃饭的话，那我们看九点的电影好了，这样不会太忙。"

决定好之后，我们走出巷子，和秋菊他们会合。一出巷口，就看到秋菊站在阿哲的车子旁，见到我们之后，她先是微微笑着，接着很有礼貌地跟Sunny 打招呼，我也一一介绍彼此给对方认识，当然没忘了差点被遗忘的阿哲。

我们前往市区的一间餐厅，在后座，Sunny 悄悄对我说："秋菊好漂亮哦！"

"嗯，她是我们公司很多男同事的梦中情人哦。"

"对你来说也是吗？"

Sunny 眨着眼睛问，近看真的很迷人，会让我不敢直视太久。

"嗯……朋友而已啦。"

突然阿哲打断我们的窃窃私语，声音响亮地问："你们两个偷偷摸摸在说什么啊？"

"没什么。"我装傻般笑着，Sunny 看了我的表情后，也跟着笑了起来，这反应让阿哲更想知道实情，持续逼问。

在车子过了几个十字路口后，刚刚都没吭声的秋菊，突然转头跟Sunny 说："抱歉哦，我们两个就这样硬是跟来。"

"没关系，看电影才不嫌人多呢！只是免费的电影票只有两张，你们的票可能要自己付喽。"

秋菊笑着说"没问题"后，紧接着又问："你跟伟是同学吗？

还是……”

“不是，是几个月前在海边认识的。”

“怪不得……”秋菊看了我一眼，又笑着对Sunny说，“他从来都没跟我们说过你的事情，所以我在猜你是不是他以前的同学。”

“不是不跟你们说，只是找不到时间介绍你们认识而已。”

阿哲这时又插话道：“认识Sunny这样的靓妹，如果是我的话，也许会隐瞒着哦！因为极品要自己享用啊！”

听到这番话，Sunny先是愣了一下，随即笑了出来，说：“哈！你真会说反话！是这样的吗，伟？”

Sunny这么一问，连秋菊都在看我，虽然知道是玩笑话，但还是觉得那眼神看得我很不自在：“我没有那种意思……”

“只是开玩笑而已，回答这么认真干吗？”阿哲从后视镜里看到我的表情，赶紧打圆场解除我的尴尬。

一旁的秋菊似乎也知道我接不下去了，妆模作样地说阿哲：“好好开车，你刚刚闯了好几次红灯了。”

阿哲像是被老婆大人管教一样，顿时只能傻笑回应，所有的不满往自己肚里吞，这样一唱一和的反应，让Sunny笑开了。

Sunny很快就融入这个团体，这应该拜她乐观外向的个性所赐吧，那种天真又带点傻气的样子，不管是谁都很容易亲近。

吃饭的时候，我们聊得非常愉快，或许是喝一点酒助兴的关系，大家变得话非常多。尤其是秋菊,脸上多了好几种平常很难见到的表情，我还一度以为她醉了。

有段时间她和Sunny不断聊着女人之间的事情，两个人就像姐妹淘一样，有说不完的话题，我和阿哲顿时成了插不上话的花瓶，只能听着两个女人聊着。

到了电影院后，见到售票口前人山人海的画面，我们顿时傻住了，像是参加节日庆典一样，人声鼎沸，热闹非凡。难道现在看电影都这么多人吗?

虽然担心着位子的问题，不过老天爷还是施舍了后排的四个位子给我们，但其实是没什么人去看那部恐怖片，人潮都是冲着另一部动作片而去的。

买了爆米花和可乐，到了三楼的影厅后，我感到莫名的紧张，不知道是不是许久没看电影的缘故，那昏暗的放映厅对我有种压迫感，虽然在开场前不至于暗到伸手不见五指的地步，但这样的气氛仍然很不习惯。

不过就目前的情况来看，比起之前已经算好很多了，以前还会觉得灯光暗下来之后，我就会被黑暗给吞噬掉了，有点可笑的想法。

我们坐在后排，靠走道旁的四个位子，从左到右依次是我、Sunny、秋菊和阿哲。在仔细考虑过后的情况下，这样的坐法应该没有任何不妥，因为我可能随时都会进进出出，不坐走道旁的话，就会干扰到别人看电影的兴致。看电影变成在看我，这不太好吧。

眼前是部极度恶心的片子，血肉模糊的分尸画面不断出现，在惊险的地方也时常听到有人被音效吓到叫出声音，我想全程大家都是皱着眉头在看的吧。

其实在开场二十分钟后，我已经觉得有点恶心了，开始有点反胃的感觉，但还是硬撑着身体看下去。Sunny 似乎很害怕，她把头转向我这边，以右边的刘海去遮住一点视线，这就是之前她提过的奇怪动作，还真是很奇怪。

突然画面里跳出了杀人魔的身影，全场各个角落都响起了尖叫声，虽然我也被吓到，但是其实是被Sunny吓到了。她突然抓着我的手不放，本人似乎没有注意到，仍然盯着画面不放。

当下我变得紧张起来，血肉横飞的画面上演着，但我的意识却完全放在被 Sunny 抓住的手上面。

之前虽然有过几次接触她的手的时候，但那样的感觉跟现在不同，现在的触感让我清楚感受到她肌肤的温暖，她的手很细、很滑嫩，每一根手指头握住的点，都使我心跳加快。比起恐怖片的惊悚剧情，Sunny 的手更让我感到无比紧张。

在让人松口气的桥段出现后，Sunny 才突然松开我的手，连身体都稍稍移向秋菊那边，她应该回过神来了吧。她没有多说什么，就算只是装傻笑一下也好，这样什么都不说的情况好尴尬。

“吓到我了……”嗓门洪亮的阿哲，虽然知道他已经刻意压低音量了，但还是传到我耳里，接着他又问，“秋菊，你怎么没有扑到我怀里？”

“我走路不小心跌倒才有可能吧。”

秋菊的话顿时让我和Sunny笑了出来，看了她一眼，发现她正眯着眼睛看屏幕，很怀疑那样真的能看到什么吗？

突然一个巨响，Sunny吓得叫出来，然后我又被吓到了。其实也没有什么恐怖画面出现，只是有东西掉下去而已，恐怖片真的很会营造诡谲的气氛。突然Sunny凑近我耳边，轻声问：“伟，我可以拜托你一件事情吗？”

“怎么了？”

我以微弱的声音回答，随即她说：“手借我抓着好不好？在家里都是抱着娃娃，才会觉得安心……”

“哦……好……”Sunny的要求顿时让我变得更紧张，记得伸出手时，我的手抖得跟大地震一样严重。

Sunny轻轻抓着我的手，笑着说：“谢谢。”

我和Sunny靠得很近，她头发传来的阵阵香味简直充满着女性荷尔蒙，牵动着我全身上下。呼吸声仿佛在我耳边，一吸一吐的气息在传递着我们如此接近的信息。

她发抖的手告诉我她内心的害怕，牵动着我想保护她的念头。在各种反应产生的变化下，很自然，我……握住了她的手。

Sunny 仿佛也意识到了，手不再发抖了，但取而代之的是变得僵硬。

回过神后才发现，不知道自己在干吗，是因为黑暗让我提升了少许的勇气吗？但自己都不晓得的事情怎么会叫勇气。

时间一分一秒过去，我心跳得好快，好像有几十个人敲打着我的心一样，沉重又痛苦。一直到反胃的感觉越变越严重，我才终于受不了，放开 Sunny 的手后，快速往外面跑去。

推开影厅的门后，先是冲去厕所，在发现对着马桶怎么样也吐不出来以后，才拖着难受的身体，坐在厕所旁的楼梯上，等待反胃的感觉消失。

好险，外面没半个服务人员，因为如果有人跑来问我怎么了，我可能会不礼貌得连话都懒得回答。这时脚步声逼近，转头一看，是秋菊。

"还好吗？"秋菊坐在我旁边，询问我的状况。

我吐了一口气后，回答说："我果然不适合看电影，不对，应该说是不适合看恐怖片才对。"

"没关系，不能做的事情就不要硬撑。"秋菊调整了坐姿，浅浅地笑着。

接着我们陷入一片沉默，没有说话的时候，反胃的感觉终于好了点，这期间我只是不断地以吸气、吐气的方式来为沉默的气氛配音而已。

秋菊双腿屈着，她将头靠在膝盖上，静静地坐在旁边，似乎在想事情一样。

不知道过了多久，秋菊轻声说:“我知道你不顾身体来看电影的原因了，是因为Sunny吧？”

秋菊的话像是直接刺进我内心一样，一针见血。但我还是回她:“是因为……电影票的关系啦……”

“我刚刚……”秋菊抬起头，眼神中透露着淡淡的哀愁，看着我说，“看到你握着她的手……”

顿时不知道要怎么回应秋菊，因为连我都不太晓得自己刚刚的举动，只能吞吞吐吐地说着只字片语:“我……那个……”

突然，秋菊坐近我身边，她握着我放在楼梯上的手，这举动吓到了我，我随即问:“你怎么了？变得怪怪的？”

“我也不晓得自己在干吗……也许……就跟你刚刚一样的感觉吧……”

秋菊的脸缓缓凑近我，我被她带来的气氛给愣住了，她的唇渐渐向我逼近，这样的情形和上一次一样，但感觉却不同。我知道眼前的是秋菊，是公司男同事的梦中情人，现在……她就在我面前，就像美梦成真了一般，但这样的感觉……

就在此时，脑中突然闪过Sunny的身影，在秋菊充满柔性的唇轻触到我的嘴唇时，我大力地将她推开。秋菊的表情很惊讶，只是眨着大眼不停寻求答案，就在我要尝试说些话时，眼角余光注意到一旁有人，转头一看，是Sunny。

Sunny看到了什么？她会怎么想？

我脑中只是不断想着这问题而已，看着她惊讶的神情，我……脑袋变得好混乱……

在我和秋菊感到不知所措的同时，Sunny露出一副不好意思的笑容，说："抱歉，打扰到你们，我只是担心你们出来这么久的时间，会不会发生什么事情了。"

"没、没事……"我只能勉强挤出这几个字，因为要解释什么的，好像也没那个必要，但胸口就是感觉怪怪的，不是身体不舒服的原因，是另一种难受的感觉。

"没事就好了，那……我先回去了。"Sunny扬着微笑，接着匆匆忙忙地离去。

看着Sunny的背影，那莫名的熟悉感，突然间我才意识到，自己不解释而感到难受的原因。我才知道，自己为何会推开秋菊。

我才终于明白，对Sunny的感情，已越陷越深了……

回去的路上，原本死气沉沉的车内，被阿哲突如其来的问题给打破："你们三个是怎么了？从看电影开始就怪怪的，吵架了吗？"

"没事啊。"

三人异口同声回答同样的话，这让我们感到惊讶，通常这种无心的时刻，最会出现这样的默契，可想而知我们的反应让阿哲更加怀疑。

“哈，我们三个好像蠢蛋一样！”

Sunny 为我们那心里有疙瘩的默契感到好笑，看到我和秋菊的事情，她好像一点儿都不在意，这已间接回答了我们只是朋友关系而已。虽然这是早已知道的事，但我心里还是会落寞，会这样是因为自己曾经期待过我们会有不一样的结果，不过事实仍旧是事实。

坐在车子里，身体还是觉得有点不舒服，打开车窗吹着呼啸而过的风，我看着不断后退的景色，开始发起呆来。虽然回到家只有短短十几分钟而已，但这样的时间已经让我的头脑塞满了好多的想法，周围被各种不安的气氛围绕，即使车窗是开着的，也令人觉得难受。

回想着刚刚发生的一切，除了感到不可思议外，头脑也好混乱……

突然口袋感觉到振动，拿出手机一看，是秋菊发的短信，我从斜后方看到她正把手机放在大腿上，头又回到刚刚看着窗外的角度。

拿着手机，脑袋里自动塞满了许多可能性的留言内容，突然我变得有点害怕，开始紧张我们原本的关系会变得如何。不过打开来看后，稍微松了口气，内容没有提到什么，只是为刚刚的事情感到抱歉，秋菊也觉得自己有点荒唐，还叫我忘了。

到了 Sunny 的住处后，由于我住的地方离她家不远，所以就一起下车，顺便送她回家。相继和阿哲他们道别后，我陪着Sunny走回去。巷子安静极了，全世界仿佛都睡着了一般，除了远方偶尔冒出的狗叫声之外，就只剩下我们两个的脚步声了。

我们朝着巷子最后的路灯走去，这短短的一段路程，感觉走了快大半辈子的时间，虽然很想开口说些什么，但就是挤不出什么话来，连“刚刚的电影你觉得如何”这样的问题都问不出来，如果硬是要开口说话的话，我想一定口吃吧。

经过了好几户人家后，Sunny突然在沉静的气氛下开口：“阿哲和秋菊都是很好的人呢！”

我只是点点头，虽然咳了两声清清喉咙，但还是开不了口回应。

接着她又问：“还是不舒服吗？”

“稍、稍微有点……”我觉得自己真是蠢毙了，不说话还好，一开口那声音根本就是在告诉别人自己很有问题一样。

“这什么口气啊？”Sunny笑了出来，那如孩童般的笑声瓦解了我心里的疙瘩，自己也不好意思地傻笑起来。

我们站在她住处外的路灯下，又陷入了一片沉默，小虫不停撞击着头上的路灯，声音大得像是在帮这凝重气氛配音一样。Sunny没有很快和我道别，感觉她好像也想说些什么，但也许是在想如何说再见吧。

如果没有发生刚刚的事情，那么现在应该是开心地互相道晚安才对，然后回家发个短信或通个电话，持续着那美好的关系。才一个晚上而已，仿佛全部都变了，不管是对秋菊或是对 Sunny，任何一切都变得不同了，那种转变非常微妙，但我却清楚得很。

“刚刚……”

不等我说完，Sunny 看着我，似乎想问些什么，但随即又笑了笑，摇着头说：“没事，我先回去了，再见。”

开了门之后，她又转头跟我说：“你跟秋菊要加油哦！”

“那个……”我才刚要说话，Sunny 就自顾自地挥手，说了声再见后就进门去了。看到她房间的灯亮起，本来还想她会拉开窗帘，笑着和我道别，但等了快一分钟，希望落空了。

心里有种难受的感觉，我以为越来越靠近她了，却只是自己在设想这层关系而已，我们之间并不如表面上接近，心与心的距离让我感到竟是无止境一般远。

她的种种反应让我了解到，自己无法取代她心里那个人的地位，只是这样，就足以使我无法开口表达对她的情感，只能将对她的那份情意，埋藏在心里……

隔天傍晚，Sunny 仍然来到海边，熟悉的笑容让我松了口气，因为昨天睡觉前一直在想，不知道她今天会不会出现。但现在想想也觉得可笑，她对我又没任何感觉，即使看到我和秋菊的事情又如何？如果因此不来海边的话，那才奇怪吧？

“干吗看着我一脸发呆样啊？”

回过神后，才知道自己对她做了个蠢表情，接着她用食指推了推我的额头说：“笨蛋！还不快点去练习游泳！”

和 Sunny 每天见面，我想没有任何一个男生，可以抗拒她散发的纯真气息，更没有人能够拒绝喜欢上她吧。

除了这些以外，我喜欢上她还有另一种原因，在无法以肉眼看见的情愫里，透露着我似乎很早就将心交给她的信息，在我们还没相遇之前，好像早就喜欢上她一样，这样的感觉微妙地掺杂在我复杂的思绪里。

因为 Sunny 而动心。这或许是有生以来第一次有这样的感觉，她给了我很多的信心，以及能够为她做任何事的勇气，而且，我也习惯有她在身边了。

即使知道我们之间只有朋友的情谊在，但只要能像现在一样时常看见她，不论是怎样的关系都无所谓，有她在一旁，我感到很自在。

现在的我，拥有着和她在一起的时间，但越是这么认为，越会觉得她好像会离开我。我们的相遇是这么突然，那么假如她真的要离开，也会是什么征兆都没有吗？

也许是自己想太多，但那样的感觉就是挥之不去，真有这么一天的话，我只知道自己留不住她，能留下的是和她拥有过的每一个片段回忆。这是多么令人感伤的事，但这在我的不安里，似乎占有很大的部分……

“啊，下雨了。”Sunny 在岸边用手遮着头发，皱着眉头要我上岸，练习似乎要暂时停止了。

天空开始飘着细雨，雨渐渐变大，落在海面上的雨水打起了涟漪，接着被海水吞没。

连续好几天，每到傍晚时就会开始下起雨，尽管不是很大，但如果执意去练习的话，好像也像个笨蛋一样。

所以我没有告诉 Sunny，自己跑去市区的游泳池练习，持续几天一个人练习才意识到，没有 Sunny 在旁边，那种感觉好寂寞。

而没有去海边的日子，我常会想 Sunny 持续着我们的约会是为了什么。自己的目的很明确，只是为了看见她而已，但是她又是为了什么呢？也许，真的只是习惯了吧……

到游泳比赛的前一天，因为下雨的缘故，所以没去海边，我躺在床上发呆，耳朵不经意听着电视传来的声音，在讲什么我也没听进去。看了看手机，屏幕上停留的是 Sunny 的号码，在脑袋放空了一会儿后，我拨通电话给她，问明天她有没有空来看比赛。

“喂？怎么了？”来电铃声没有响很久，紧接着的是 Sunny 的声音响起。

“在忙吗？”

“没有，怎么了？”

坐起身子后，我把电视关掉，因为那广告的声音真的很吵。走到窗边，看着外头黑沉沉的天空，我问：“那个……我想问你，明天有空吗？”

“明天……”突然Sunny大叫了一声，像是想起什么似的，回，“对了！你明天要比赛对吧？我都忘了！”

“没关系啦，那……你有空吗？要不要来看比赛？”

Sunny没有很快答复，取而代之的是为难的语气：“嗯……其实我明天有个约会……”

“这样啊……”

“抱歉，我真的忘了你要比赛，如果记得的话……”

“哈，没关系啦。”

“那……你明天要加油哦。”

“好，我会的。那……没事了，拜拜。”

“嗯……拜拜。”

电话挂上后，我胸口有一种说不出来的闷，那种感觉堵住了全身的血液、神经，就连唾液也难以下咽。不断地吸气、吐气，仍然没有好转，我知道这不是身体上的难受，是内心的失落。

在睡觉前，我满脑子都想着Sunny的事情，虽然想发条短信，却又不知道说些什么，就只是拿着电话，对着屏幕上的号码发呆而已。

喜欢上一个人的感觉，是多么令人苦涩，尤其在单恋这样的前提下，只要对方稍有些举动，自己就会非常在意。恋爱会让人变成白痴，我想真的无法反驳这个论点。

就在我胡思乱想的时候，手机的短信铃声响起，我急忙打开来一看，立刻开心地笑了起来，是Sunny发来的。

明天，比赛要加油哦！

虽然只是短短的一句话，但却让我整个人像是活了起来似的，回了短信向她道谢后，这才能够安心入睡。

好像从来都没有为了一句话而这么开心，在认识Sunny之后，才知道自己的笑容变多了。在她面前，我的思绪是这么单纯，她的任何事情都会牵连着我的心情，而自己也无法隐瞒对她的所有情感，仍会持续因为她而动心。

当意识到喜欢上一个人时，任何有关她的一切都是这么重要，即便你想刻意装作不在乎，也丝毫没有办法，做出的任何事情，都是为了她着想。

恋爱……就是这么的坦白和笨拙，也是如此的丰富动人。

隔天的比赛，因为怕下雨的缘故，所以原本在海边的比赛，改到在游泳池举行。在下午比赛开始之前，全公司大部分的男生，都在做相同的事情——围在秋菊身旁打转儿。而阿哲就像是个尽忠职守的骑士一般，在秋菊身边赶走那些不肯罢休的“苍蝇”。

这也难怪，因为秋菊穿泳装不是一般性感，姣好的身材、白嫩的皮肤，实在令人有无尽的遐想。

这次的比赛分成三种泳式来进行，其中一种是蛙式，正好是我能够参加的类型。看了看要参加的同事，我开始点人头般数了起来，心里盘算如果要赢得我要的奖品的话……那么至少要赢七个人才行。

总觉得这样的数字有点恐怖，但已经辛苦练习这么久了，“输”这种事情我不想去思考，尽全力去比就行了。

“请比赛的同仁更换服装后，到这里集合！”一旁看台上发号施令的组长，用喇叭吼着刺耳的声音，引起了其他人的注意和围观。

在我换上泳裤到泳池旁边后，秋菊才注意到，接着她快步走到我面前，皱着眉头的模样，我知道她开始要说话了……

“你要参加比赛吗？”秋菊上下打量我一遍，表情显得很不愉快。

“对。”

“你不是不会游泳吗？你也不能下水游泳啊！”

我知道秋菊很担心，但她无意间发出的声音吓到了周围的同事，大家把目光转到我们身上，就像是在看妈妈教训儿子一样。而遇到这样的情形时，阿哲总会第一个跑来解围。

“游泳又不是什么恐怖的事情！你太夸张了吧？”阿哲故作轻松，笑笑打圆场。

但他才刚说完，秋菊就接着大声对我说：“不行！医生说过游泳会影响你的呼吸系统！你不要做傻事好不好？”

我不知道秋菊会这么生气，问题是她到底在生气什么？阿哲也被她生气的样子给吓到，但还是不忘把周围的同事全赶走。只剩我跟秋菊站在原地，一语不发地看着彼此，她带着责备的眼神怒视着我，没多久便问：“你到底知不知道自己的身体状况？”

“我当然知道啊。”

“不对，你根本不晓得……看电影和你现在所要做的事情，我真的看不出你知道自己身体不好这件事情！你一直在做让身体感受负担的事情！是为了什么？”

“我……哈！只是想要奖品才参加比赛，你放心好了！我一直都在练习！而且对我身体没有任何影响！”

听了我的解释，秋菊似乎无法认同，只是一脸惊讶的模样，接着又提高音量问：“就为了奖品参加比赛？你到底在想什么？”

“难道……我连做自己想做的事情都没办法吗？如果因为身体的关系，做什么都被限制了，那么我这一生到底有什么值得回忆的？”

秋菊没有说什么，只是看着我，表情透露着一丝哀愁，说：“你知道吗？你现在的样子，就跟我死去的弟弟一样，这么讨人厌……”

“啊？”我非常惊讶，因为自己是第一次听到秋菊有个弟弟，并且已经去世的消息。

“随便你……”秋菊说完后，转身往看台走去。

见她离去后，阿哲才走过来询问状况，我接着问：“你知道秋菊有个弟弟吗？”

阿哲的表情不像是不知情而惊讶，而是因为我这时才知道这件事情而惊讶，他转头看了看秋菊，又转过来跟我说：“我知道，她弟弟的葬礼我参加了。”

“是吗？”

“她弟弟从小身体就不好，也常常忍着痛苦瞒着她做很多事情。我记得最后看见他的时候，他虽然虚弱地躺在病床上，但眼神却显得很有精神，他不后悔自己的人生，是很坚强的一个人。”

阿哲搭着我的肩膀，笑着说：“你不要怪秋菊这么凶，她只是很担心你，也许你的样子让她想起了弟弟吧。”

我摇摇头，表示自己从没怪过秋菊，反而现在知道了她会这么过度在意我身体状况的原因，这让我感到很温暖。

Chapter 7

趁着离比赛开始还有一段时间，我在另一个泳池练习，不知道是不是练习过头的关系，到最后，真的感到呼吸变得不顺，跟一开始的时候明显不同，下水游没多久就会有种喘不过气的感觉。

其实昨天更严重，游没多久就在旁边休息了。

也许我的肺活量天生就这么不堪一击，秋菊说得没错，我一直在给自己的身体增加负担。

难道我的极限就到这里而已？看着游泳池里的水，我开始担心自己能不能平安无事地游完。

秋菊在一片加油的人群里，总是会望向我几眼，而我自己刻意不去对上她的目光，尽量调整自己的呼吸，都已经练习这么久了，说什么也要拼看看，因为……我想给 Sunny 一个惊喜。

不顾一切地为人做些什么，真的值得吗？虽然知道很蠢，但身体就是会很自然地去行动。从小卧病在床，总以为自己不是这世界的一分子，因为一点活着的存在感都没有，就像是枯萎的花朵一般，随时都会凋零，就连灵魂也死去。

人一生的时间很有限，我知道自己如果不去接触这世界的一切，那么就不算是真正活过。我想去做任何事情，真真切切地去感受自己的存在。

"蛙式 B 组就位！"

很快就轮到了我这一组，带着紧张的心情站上预备区，周围的声音似乎被自己的心跳声盖过。没问题的……我都练习了这么久，一定可以的。

"开始！"组长一声令下，我们纷纷跳下水，铆足全力比赛。

比赛开始后，我奋力地向前游去，虽然自己游得很慢，但还是要尽全力去拼那细微的可能性。

五十米的距离要以蛙式来回四趟，身处在暗蓝色的水里，戴着泳镜，眼前尽是一片模糊，耳朵听见的是类似隔着墙的嗡嗡声，水中给我的感觉像是另一个世界，且非常的不安。大幅划动双手和双脚，换气，重复着相同的动作，前面我游得非常顺。

在不知道第几名的情况下，游到了第三趟时，原以为不错的状况，突然急遽变坏。

秋菊的担心果然不是多余的，我开始觉得呼吸系统变得很差，每次换气吸的空气越来越少，也许是因为太紧张的缘故，嘴里吃进的水比平常练习时还要多，耳边听着周围的加油声和水的激荡声，一下清晰一下扰耳，我都快搞不清楚方向了。

换气的时间调整不过来，我感到很难呼吸，每吸一口气，就会灌进好多水。

这已经跟平常练习的情况不同了，逼得我越来越心急，但越是慌张，我就游得越奇怪，全身不听使唤，手脚不像是自己的一样，只知道乱拨乱甩，姿势全都走样。好难受……真的好难受！不知道挣扎了多久，我渐渐失去了意识……

我清楚知道自己在梦里，因为周围那种梦幻般的气息，不像是真实世界所有。在梦里，世界呈现的颜色是淡淡、清柔的色调，有种很舒服自在的感觉。梦里的景色都不是很清楚，视线看到的一切，线条轮廓好比蜡笔描绘般，真实的分量变得如此灰蒙。

这次梦的场景是在教室，老师在讲台上讲述着人生大道理，我推测那是没多少人会想去听的内容，就学生时代来说，这样的道理听在耳里像是烦人的老妈子唠叨。

老师的声音不断侵蚀着我的意识，就在快睡着的时候，坐在旁边、一直以来都出现在梦里的那个女生丢了张纸条给我，纸条上写着：

老师又在唱催眠曲了。

我笑了一下，接着回复：

不要睡着哦，也许考题就在他的道理之中！

之后，趁老师不注意的情况下，回丢给她。

我们常常在梦里的课堂上，做过好多遍这样的事情，每写一张纸条，就会令我感到心跳加快。在看似严肃的课堂上找到了彼此的世界，用纸条开心地聊着天。

突然画面一转，将我带到了海边，那一片天空蓝的海面上闪着白茫茫的光芒，旁边的沙滩上有卖冷饮的小屋，那里藏有许多对抗烈日的武器——冰淇淋。

突然间，坐在身旁的她，问："暑假快结束了，不知道新的学期开始，你还会不会坐在我旁边？"

"嗯……"

"你知道吗……我已经习惯身边坐的是你了。"

她轻轻握着我的手，而我缓缓将目光移向她的笑脸，虽然心跳得乱七八糟，但还是鼓起勇气抬头看着她。但这次我十分惊讶，以往她的容貌都是模糊不清的，这次变得非常清楚，而且……她长得跟

Sunny 一模一样，不！应该是说她就是 Sunny！

难道之前一直出现在我梦里的女生，就是 Sunny 吗？还是说，是因为认识她的缘故，才让现实生活的事情带入到梦中呢？我实在不该对一个梦境思考这么多，毕竟这只是一个虚而不实的幻想罢了，但在梦里遇见 Sunny，我真的很开心。

就在梦里的夕阳缓缓坠入海平线时，我和 Sunny 之间的距离突然越离越远，自己像是被拖走一样，慢慢地将我的意识拉回现实。

我听见有人围在身边呼喊我的名字，虽然不想离开梦境、不想离开 Sunny，但意志却摆脱不了现实的无形之线。缓缓睁开双眼，在意识恢复后，我看见的是秋菊哭着的脸。

“太好了……”

秋菊在我身边哭得很厉害，在一片嘈杂声中，我只记得被阿哲搀扶到旁边的椅子上，接下来的事情，我脑中一片混乱……

一直以来的那些梦，我从没清楚地看见过任何一切，但今天，梦里出现的那个女生……竟是 Sunny。

也许，我就快被梦和现实搞混了……

晚上七点左右，我在 Sunny 家外面的路灯下，拨了她的电话。看到一楼房间的灯是亮着的，我松了口气，如果她不在的话，要我抱着手上的东西再走回去的话……那势必又要引起路人的目光了。

电话接通后，Sunny 拉开了窗帘，表情十分惊讶。接着电话挂了之后，我听见关门声和仓促的脚步声，随即门被推开，我从手上抱着的“东西”身后探出头。

“好大的熊娃娃哦！”Sunny 上下打量我抱着的娃娃，一脸小孩子般的兴奋模样。

在看到奖品的项目里有熊娃娃时，我就决定要参加比赛，就算自己不会游泳，也要为了 Sunny 去试一试。但可惜的是，我没有赢得熊娃娃，只拿到个安慰奖一台果汁机而已。

不过老天爷给了失望透顶的我一个机会，那就是赢得熊娃娃的人是阿哲，虽然这跟我要用比赛赢得的本意不同，但以果汁机、一客昂贵的牛排和交情跟阿哲交换的话，多少都能补足吧。

“嗯，送给你的。”

“送给我的？为什么？”

“谢谢你教我游泳啊，这是今天游泳比赛的奖品。”我把巨大的熊娃娃交给 Sunny，她抱着的模样非常好笑，都快被压扁了！

不顾一切地为人做些什么，真的值得吗？

如果看到 Sunny 的笑容，就会觉得什么都值得了。

位于邻县的一个墓园，入口处有一个开满着花朵的小型花园，它就像是一个圆环地标，坐落在必经的道路上。绕过小花园，走进去是截然不同的感觉，缓缓的坡道上有着数不清的坟墓，让人有种不寒而栗的感觉。

我和秋菊沿着旁边的石阶走上去，在大约走了五层楼高的阶梯，经过了好几个往生者的墓之后，来到她弟弟的坟前。

从照片上来看，她弟弟长得十分秀气，而且也看不出有任何疾病的感觉，跟我比起来完全不同。

墓碑上的照片，给人的感觉是多么冷清，可能是我不认识秋菊她弟弟的缘故，即使身处在墓园这样充满哀伤的地方，我仍感觉不到任何的悲情。

他还在世上的时候，曾想过自己死后会带给人什么样的感觉吗？会知道有人为他伤心难过吗？没有经历死亡的话，什么都没有答案……

简单做个祭拜后，我将一束鲜花献在他的坟前，这时一直都没有开口的秋菊，忽然问："我不懂你为何要来看他，是因为他是我弟弟吗？"

我想了一下，摇头回答："不是，可能是因为我和他同病相怜吧。"

秋菊蹲在她弟弟的坟前，虽然表情哀伤，但仍露出生硬的微笑，说："虽然他常惹我生气，很讨人厌，但是为了梦想不顾自己的身体而付出的他，是最帅的了。"

虽然秋菊话中带点责备，但是我听得出来，那是她对于弟弟的爱，多么浓烈。

“对不起。”

秋菊站了起来，对着我说：“我会这么在意你的身体状况，是因为你跟我弟弟很像，做什么事情都在逞强，好像你们都不想要自己的命似的。”

“我不会怪你的。”

秋菊展露温柔的笑容，说：“但其实我知道，那是你们对于生命的执着，是你们珍惜在世上的方式。”

“嗯。”

天空飘起了细雨，像是在为哀愁的交响曲谱了序曲一样，只要是在墓园里，不管任何形式的笑，都会缠上一层难过的披挂。要离开时，秋菊看了看我，说：“你不要跟我弟弟一样哦……”

“怎么了？”

“绝对不能离开我们哦……”

我想了许久，轻轻点头答应。

生离死别，本来就是难以说清楚的一件事，即使答应了又如何？对这样没有任何保证的承诺，点头又能代表什么呢？

现在我的身体状况还算可以，但是比一般人还要脆弱的身体，连我自己都无法保证年纪再大一些以后会变成什么样子。如果人生能够如自己预期走下去的话，我怎么可能会走上离开这条路……

傍晚的海边十分迷人，夕阳余晖所描绘出的色彩，不管来几次都会令我着迷。在浪潮推覆着岸边，听着大海的声音，有一种活在梦里的感受。

看着夕阳坠入海平线之后，Sunny 来了。她很少有机会可以赶上看见夕阳尾巴的那一幕，但却赶得上我们约会的每分每秒。路旁的路灯也逐渐点亮，黑夜来临时，是我们独处时间正要开始之际。

我们聊着上班的事情、男女间的话题、一些零零散散的小事情，或是她脑中奇怪的理论，好像永远都有说不完的话一样，每天都在持续更新着。而我喜欢她的心情，与日俱增，但却不知怎么说出口。

在她心里还留有某一个人的位置的时候，不管怎么透露出我对她的情感，都会是不完美的，而这也是我说不出口的原因。

电影院那一次，或许是唯一向她表白的机会，但现在的她，对我是怎么想的……

“跟秋菊还好吗？”Sunny 整理着被海风吹乱的头发，微笑看着我。

Sunny 会这么问，应该也误会了我对秋菊的感觉，如果急于否认的话，好像会越描越黑，这样的问题让我皱起了眉头，反问：“你是指什么？”

“就是……你们的关系啊，你不是对她……”欲言又止，Sunny 后面没说出的话只是以轻点头的方式来带过，她的眼睛直视着我，目光对我彻底地审视，比较像是想知道八卦，却又想让当事人道出实情那样。

不过仔细想想，也许现在是我澄清一切的机会，我可以不要跟Sunny表白自己的心意，但却可以说清楚对秋菊的感觉。

虽然这么想，但事情就是没有这么顺利，正当我要开口回答时，Sunny的手机铃声响起，她用手势阻止了我即将脱口而出的回答，站起来后从口袋拿出了手机，别过头去讲电话。

从对谈可以得知，对方是幼儿园的院长，Sunny讲了一会儿，不断地“好好好”之后，终于结束对话，接着她转过身子，表情开心极了。坐下之后，她兴奋道:“这周六幼儿园要带小朋友去露营啊！”

“难怪你这么开心。”

看着Sunny的笑脸，我也不自觉开心起来。

“嗯！是院长她老公提议的哦，要去邻县山区露营，而且好玩的是……晚上有试胆大会哦！”

“这么刺激？不过你不是很怕那些东西的吗？”

“会怕是会怕啊，但还是会想去玩啊！哈哈！”

Sunny开心地哼着歌，没多久便问:“那……你要去吗？”

“我可以去吗？”

Sunny点着头，说:“也有几个小朋友的家长充当爱心妈妈，毕竟只有我们老师去的话，人数太少不好管理小朋友，他们一吵起来，是件很恐怖的事情啊！院长说能的话可以找一些朋友去，这样人多也比较妥当。”

“意思就是说……要找人去当提行李的就是了？”

“哈哈！不是那种意思啦！”Sunny打直了双腿,伸了一个懒腰,“那你要去吗？”

“嗯，应该没问题。”

“真的？没有要约会或干吗的吗？”

“我行情没这么好啦……”

“秋菊啊。”

本来想接着否认的，但Sunny不等我开口，随即便站了起来，她拍拍裤子上的沙子，说：“不管怎么样，你能去就好了，因为有很多准备工作，可能需要麻烦到你哦，但不会太辛苦你的。”

“嗯。”

“还有……我是真的想约你一起去，不是单纯叫你去充人数或什么的……”

“嗯，谢谢。”

“那……先这样喽，晚一点再说细节吧，我想先回家准备试胆大会的东西。”Sunny笑了一下，接着道别后离开，但没多久便停下了脚步，好像想起什么一样，她从口袋里拿出东西，然后走回来，“对了，我一直要给你，结果忘了。”

我正对此感到好奇，紧接着Sunny拿起了像是手链的东西，交到我手上。上面的银线串着一片黑色的贝壳，贝壳的内侧似乎有字的痕迹，但已经模糊掉了。

初见到的那一瞬间，有种似曾相识的感觉，但这样的感觉很快就消失，或许以前有看过类似的吧。随即我问：“这个要给我的吗？为什么？”

“谢谢你的熊娃娃啊。”Sunny说，“而且，这是我的幸运手链哦。”

“是吗？可是，我没看过你戴过……”

“那是因为，串着贝壳的那条链子断了，所以我就一直放着，没有去修理。这本来是一个完好的贝壳，现在我拆了一片做成手链送给你，希望你也有一半的幸运！”

“嗯……谢谢你，我很喜欢，会好好爱惜它。我要一直戴着它，让幸运持续下去。”

Sunny开心地笑着，接着互道再见之后，随即离去。她披着秀发的背影，我看了许久，总有说不出的相识感。

我留在沙滩上，看着手上的幸运手链，内心有无法言语的开心，整颗心急促地跳动，牵连着所有思绪，这样有如初恋般的感觉，让人喘不过气来，但整颗心却是温暖的。

像是已经决定好的剧本一样，我喜欢上了Sunny，但跟着剧情走的感觉有点不同，好像在还没有遇见她之前，我就喜欢上她了。很抽象吗？但心里的感觉却是再真实不过。

而我们的相遇，是在唤醒我对她的感觉，情感流露无遗，想念的分量越来越重，她的一切深刻地描绘在心里。喜欢她……思绪是这么的复杂、想不透。

刚到家，手机就响起了铃声，我本以为是Sunny打过来，结果不是，是秋菊。接起电话后，听着秋菊有点胡言乱语的语气，我知道她喝醉了。

秋菊喝醉的情况我只遇过一次，那一次我、阿哲和她三个人，跨年聚在一起庆祝，除了我没喝酒以外，其他两个人都灌了好几瓶的酒。最后秋菊醉倒了，虽然不会像疯婆子一样，但还是会跟她平常端庄的样子差很多。

“你喝酒了？”

“我？哈哈！是啊！喝好多哦！”

电话的另一头传来了细微的钢琴声，我猜秋菊应该是在上次跨年去的那间钢琴酒吧喝，随即我问：“你在那间钢琴酒吧？”

“是啊，你要过来吗？过来好不好？哈哈！”

“等会儿哦，我现在去那里，你别乱跑。”

挂上电话后，我急忙出门，往酒吧奔去。

到了酒吧门口，正要进去时，听到一旁有辆车子猛按喇叭，引起大家的目光。看了一下，才发现是秋菊的车，随即车窗摇了下来，她笑着对我说："这里啦！走，我们去兜风！"

避开路上行人的目光，我赶紧到她身边，说："别发神经啦，你去旁边坐，我来开。"

"好哇！那你要开很快哦！"说完秋菊从驾驶座用爬的过去副驾驶座，也不管那姿势有多丑了，实在令我哭笑不得。

当然我并没有真的开快车，不过免不了一直被秋菊的胡言乱语攻击，在快到她家时，才终于安静了些。

扶着秋菊下车，正在她包包里搜寻大门钥匙时，她笑着说："先不要上去，我们去旁边的公园走走。"

"你酒醒了吗？有这么快？"

才刚问完，秋菊就拿开我的手，迈着摇摇摆摆的步伐朝公园走去，接着转头说："我还在醉啊，哈哈！"

还不到深夜，公园已没有人的迹象，应该是说秋菊租的房子这附近，平常人都很少，难道是这一带的房租偏高，所以很少人住这里的关系吗？

公园的格局很小，环境十分整齐，适合遛狗或带小朋友来玩。跟在秋菊后面，我们到了有秋千的小沙堆里，走路摇摇晃晃的她，好似在跳着没有节奏的舞蹈，拉住了秋千的绳索后，一屁股坐在秋千上。

秋菊露出微笑，以双脚轻轻摇晃着秋千，不知道是不是坐姿的关系，整个人有种妩媚的味道。

我走到秋菊旁边的秋千，接着站上去，使劲荡了起来。来回摇荡的风吹得我很舒服，好久没有玩荡秋千了，勾起我的童心。

“你知道吗？荡秋千我可是学好久才学会的哦！小学时身体不好，只能在教室里头看着窗外的同学恣意地荡着秋千，那时候心想‘多么帅气啊’，等到我学会之后，也差不多过了玩秋千的年纪了。”

秋菊没有说什么，除非酒醒，要不然我想她也听不进任何话了吧？

等到秋千的高度渐缓，直到完全停止后，我坐在秋千上，轻轻摆荡着，彼此陷入突如其来的沉默中。

听得见附近小孩传来的哭闹声，也会有一些车子经过路旁的声音，虽然说公园里非常安静，但仍不会到让人感觉全世界都没人的地步。

看了一下秋菊，让我吓了一跳，因为她正盯着我瞧。那一双迷人的美眸像是要勾引人一样，不停地眨啊眨的。喝醉时的秋菊，更有一股美人的韵味。

“脑子很乱……也许是想起弟弟的事情……所以才会想喝酒解闷……”秋菊突然开口说话，打破了周围沉重的气氛，“还有很多想不透的事情，都因为这样而心烦……”

“你可以找我和阿哲诉苦啊，不一定要喝酒才能解决。”

“晚上的时候……”秋菊像是没听见一样，“阿哲跟我告白了。”

“啊？”我表情显得惊讶，但随即紧张起来，虽然觉得突然，但此时只想知道结果究竟如何。

“然后我拒绝他了。”

“拒绝？为什么要拒绝？”

“因为……我告诉他……我已经喜欢上你了……”

我脑中像是大地震一样，思想全部混乱，自己从不知道短短的几句话，可以让人变得像是失去灵魂般。

这是秋菊的告白吗？还是喝醉酒的胡言乱语？总之，就因为听见她这么说，让我变得不知所措。

如果说明白了以后，也许我、秋菊和阿哲三人的关系会整个变调，不管是谁喜欢谁都一样，我们之间的友情，可能会因此而消失……

“骗你的，根本没这种事情发生。”

秋菊突如其来的话，点醒了我，脑中那些杂乱的思想，就像是被施了魔法一样，瞬间消失。

只见秋菊靠在秋千绳索上，笑嘻嘻地盯着我瞧，这样的反应让我有点生气，随即便说：“别开这样的玩笑好不好？”

“哈哈！你生气啦？”

“那当然，总觉得你在要我玩一样，有些事情不能乱开玩笑知道吗？”接着我站了起来，“走吧，赶快回家休息了。”

突然秋菊大笑，笑声像是在取笑我刚刚的正经一样，我问：“有什么好笑的？”

“没有啊，就觉得你干吗生气啊？”

“你不知道喝醉的人说的话，都会让人有无名火吗？”

“我才没有醉呢！笨蛋！”

其实有时的对话，我都认为秋菊好像没有醉，清醒和酒醉，她可能各占一半一半吧。

“不管你有没有醉，都要回家休息，我送你回去，走吧。”

“为什么……要推开我？”

将秋菊扶起来时，她突然问我这样的问题，本来以为她又在说醉话，却突然想到是不是在问上次看电影的事情。这么靠近秋菊，虽然她身上有着浓浓的酒味，但却不会因此干扰她的迷人程度。

如果在我还不知道自己真正的心意前，绝对无法抵抗她的魔力，会很老实地心动，完全臣服于眼前的美人。但现在……我却不为所动，脑中只想着 Sunny，只为她倾心。

正当要回答时，秋菊用食指轻轻碰着我的唇，阻止着即将脱口而出的答案，说：“别回答了，从你的眼神看得出一些端倪，有些事情……还是不要说出来比较好，你当我在发酒疯就行了。”

“秋菊……”

秋菊站了起来，摇摇摆摆地往前走几步后，停下了脚步，深吸一口气，接着问：“伟，不论如何，我们都会是朋友吧？”

我没有回答，只是轻轻地点头。

“嗯……谢谢。”秋菊转头后，笑了起来，“我醉了，今天说过的话全部忘记吧！”

秋菊的笑让我明白，聪明的她也许早已嗅出我对Sunny的感觉，她说得没错，其实不用解释什么，有些事情……还是不要说出来比较好……

Chapter 8

我又在做梦了。

周围的画面全都变得模糊，连空气都不像是平常那般的熟悉。这次的梦跟以往不同，我身处在一片森林里，而身边牵着手的那个人……是Sunny。

我们沿着一条很长的阶梯走上去，到了最上层后，来到了一处没有树木遮顶的地方，满天星空耀眼，底下闪烁着万家灯火，美丽的画面让人舍不得将目光移开。

“很漂亮对吧？”Sunny轻声说，“能够来这里真的太好了。”

“嗯，真的很美。”

突然间我想起在梦里原本的目的，随即从口袋里拿出了一个方形小盒子，不过里面装了什么倒忘了。拿给 Sunny 后，说："送你的。"

Sunny 先是惊讶，接过盒子并且打开后，满心的喜悦表现在脸上，她拿出了盒子的东西——贝壳手链。

黑色的贝壳……手链？

下一瞬间，我睁开了眼睛，映入眼帘的是漆黑的一片，看着窗外路灯透进的些许光线，我似乎还没从梦里醒过来，感觉整个人像是幽灵般不存在。耳边响着嘈杂的声音，听了许久才回过神来，那是我的手机铃声。

我摸着一旁的小桌子，很快找到了手机，看了看屏幕上的显示，是 Sunny。

"喂？"接起电话后，熟悉的声音将我拉回现实，而睡前的头痛也随即感受到。

"嗯？怎么了？"

"你没事吗？"

"没事啊，怎么这么问？"

"你傍晚的时候没去海边，打电话给你也没有回应，我想你是不是发生什么事情，怎么了吗？"

听 Sunny 这么一说，我才全部想起，下班时头好痛，回来躺在床上没多久就睡着了。

跟Sunny说等会儿后，我起身摸黑打开房里的电灯，一时间的刺眼光线让我眯起了眼睛，很不舒服。坐回床上后，看了看时间，已经八点多了。我说："头有点晕晕的，所以下班回来就睡着了。"

"是哦？那现在还痛吗？"

"还好啦……"其实还是好痛，但不想让她担心。

"那你还没吃吧？"

"梦里吃的算不算？"

Sunny扑哧笑了出来，我也觉得自己说的话很蠢而笑。Sunny沉吟了一会儿，没多久便说："你等我一下，我买个东西去你那里。"

"不用啦，别这么麻烦，等等我自己再出去吃就行了。还有……你知道我住哪吗？"

"对哦，我根本不知道你家在哪儿。哈哈！"

"所以我说不用了啦……"

Sunny不管我说什么，自顾自地说："没关系，你跟我说怎么走就行了，而且我也要拿试胆大会的服装给你瞧瞧，顺便买点东西过去好了。"

虽然拒绝多次，但Sunny还是坚持，所以我只好跟她大约说明在哪里等，说好之后，Sunny才笑着说："等我哦，到了再打给你，拜拜。"

挂电话之后，我躺回床上，头痛到浑身快没力气了。最近做的那些梦，好像在侵蚀我的脑袋一样，让我的记忆去接受它们，进而变得越来越真实。就连生活中的一切，都被融入梦中，就像以前梦过却从来都不知道长相的那个女生，潜意识已经将她变成 Sunny 了。

看着手上的贝壳手链，梦里的手链上面串的是一个完整的贝壳，跟我手上戴的是同一个吗？仔细看着黑色贝壳的外观，回想起刚刚的梦境，所见的两个影像重叠在一起，我可以肯定是同一个贝壳。

以前还好，做的梦都是一些跟现实有所分别的梦，但不知道从什么时候开始，梦开始融入现实中的人、事、物，醒来时总是无法一下子就否定其真实性。

头痛一阵一阵的，迷迷糊糊地再次睁开眼睛时，才发现刚刚不知怎么又睡着了。听到手机的来电铃声，我急忙接起来，Sunny 说已经在住处外面，看一下时间，才发现我已经睡了二十分钟左右。

告诉她等我五分钟以后，我急忙收拾一下房间，因为这里像被炸弹炸过，脏乱得像是废墟……

“打扰喽！”

领着 Sunny 进我房间，生怕她下一句会说出好乱之类的话，不过她看一会儿后，评语倒也还可以接受。

我整理出一个空间，让 Sunny 可以靠着床坐着，她将食物放在小桌子上，接着把手中那一大块的白布摊开，上头中心点早已开了个洞，头套进去就完成着装。

“来。”

Sunny将白布套在我身上，虽然没有看镜子，但我整个人应该很蠢才对。Sunny上下打量我一遍，接着大笑起来，她说我的样子跟挂在阳台上的“晴天娃娃”很像，完全不像试胆大会出现的东西。

“光套这个感觉好奇怪哦！”

“到时候会化妆啊，先套套看而已。”

“化妆？化什么妆？”

Sunny帮我脱下白布，说：“幽灵的装扮啊。”

“你吗？”

“对啊，还有你啊。”

“我也要？”

“总不可能叫小朋友去扮鬼吧？”

哈……我想也是，小朋友应该是要扮演被吓的角色才对。

Sunny把白布折好后放在床上，特别叮咛我不要弄脏，没有幽灵是全身脏兮兮的。突然她的视线盯在书桌那一边，问：“那些是什么？”

看了看Sunny指着的东西，我回：“瓶中信。”

“瓶中信？你是说那种漂在海上，漫无目的寻找有缘人的瓶中信？那也太多了吧？”Sunny显得很有兴致，凑过去书桌看个仔细。

“嗯，能够捡这么多我也觉得很不可思议，而且更令人无法相信的是……那些全都是同一个人写的信，收信者的名字还刚好是我的名字，很难想象吧？”

Sunny睁大了眼睛看着我，接着做了个身处在寒冷地带的动作，直呼：“真的假的？感觉好恐怖哦！”

“哈哈，我捡到第一封信的时候也觉得很诧异，毕竟信里面出现的人名是我，虽然知道是巧合，但还是会让人吓了一跳。”

“好酷哦！捡到一个已经很厉害了，你还捡了这么多！我想你可以登报，登在‘奇人异事’的版面，哈哈！”

她停了一下，接着说：“我很好奇，可以看看吗？”

“嗯，不过你这样问好像也很怪哦？”

“是啊！但也不可能问寄信者和收信者，只能问你了。那……我开一个看看。”

Sunny像个小孩子一样，对瓶中信非常好奇，她选了一个瓶子，轻轻拔掉了瓶口的软木塞，将瓶子倒反后用手指去抠出信纸，接着轻轻地将它摊开，表情充满了期待。

她看了一会儿，突然不说话，专注的神情像是融入信里的内容一样。没多久她突然放下手中的信纸，又开了另外一瓶的信件来看，看完后又接着看下一个，在看了五封左右后，她停止所有动作，双手撑在书桌上，样子变得不对劲。

我赶紧过去，看了看她的脸，好像很难受似的，问：“怎么了？”

“没事……突然觉得头很痛，从上个星期开始就这样了，有的时候像是有很多东西塞到脑子里一样，很不舒服……”Sunny 摸着自己的头，闭起眼睛，“对不起，把你这里弄得这么乱，我收拾一下……”

“没关系，这些我来收拾就行了，你要不要躺一下？”

“不用了……我看我先回去休息……”Sunny 摇了摇头，苦笑道，“应该是感冒了吧，没事。”

“那我送你回去。”

“你不也头痛吗？我自己回去就行了。”说完，Sunny 急忙拿了自己的东西，离开时还叮咛，“要吃东西哦。”

Sunny 离开后，整个房间变得冷冷清清的，平常一个人时还没有注意到，等到还残留着另外一个人的气息时，才会发现是这么冷清。

收拾着凌乱的瓶子和信纸，不晓得 Sunny 是不是借此想到了什么，也许信中内容的情意，刺痛到她对心里那个人的感情。不管怎么样，我似乎都插不上手……

周六上午虽然下了点小雨，但是到中午后，突然变一个天，阳光像是赖床般探出头来，向大家保证今天会是个好天气。

下午我们在幼儿园门口集合，Sunny 在小朋友群里招手叫我，接着挤出重围，走到我身边。同时我也看到小高的身影，但他是一脸调皮样，对我吐舌头。

“今天好热闹哦！耳朵快聋了！”

“没想到一群小朋友吵闹的声音是这么恐怖，你平常怎么都受得了啊？”我玩笑般的说着，Sunny露出了开心的表情。接着她带我去和院长打招呼，聊了一会儿，等到人都到齐了之后，准备出发。

小朋友和老师们坐一辆游览车，其他人都是各自开一辆车，知道“水木道”在哪的人已经先去了，而我也是跟小朋友们共乘一辆游览车，和Sunny坐在一起。

听Sunny说，目的地位于深山里，有一条很长的小型水道，穿过了林木，漫延到山脚下，而在靠近水道的周围有好几个露营区，是平常休闲度假的好去处。

虽然地点不会很远，但知道要走山道，还是担心自己会晕车，想想陈医生叮咛我的事情，我好像都没听似的。

闹哄哄的气氛、小朋友的嬉笑打闹，我感觉好像是毕业旅行一样，记得以前学生时代的户外教学里，我唯一去过的一次只有初中的毕业旅行。

小学因为身体状况极差，所以都没有参加过任何一次的校外教学，就连小小的远足也不例外；而高中的毕业旅行，因为丧失了两年的记忆，所以跟同学没有太多的友情在，也就没有去了。

现在的气氛让我想起了初中那一次的毕业旅行，大家玩在一起，开心地笑着，欢笑声回荡在那一段时光中。

虽然和Sunny坐在一起，但她可忙了，一下跑到后面管小朋友，一下又在走道上招呼他们，完全像是个贴身保姆一般，但从她脸上的神情看来，似乎乐此不疲。

很快，游览车行驶到山道，我果然晕车了，整个人很不舒服，呕吐感不停作祟，也许吐出来会好很多，但问题是吐不出来，只是一直反胃，这样的感觉最难受，只好靠着窗户，想办法让自己入睡，Sunny在耳边说些什么我也没印象……

折腾许久，终于到了目的地。

一下车，立即感受到深山丛林带来的宁静与清新的空气，小朋友吵闹的呼喊声，顿时变成有如扩音器般的分贝。停车场几乎停满了车子，也有很多的游客，大家都想趁放假时好好调适身心一番吧。

“还好吗？”Sunny走在我旁边，询问我的状况。

虽然觉得比较舒服一点，但呕吐感仍在，我苦笑着勉强回：“等会儿应该就会好很多了吧。”

“阿伟哥哥很没用，都是大人了还会晕车。”

前面的小高转头嘲笑着我，一旁的小朋友也跟着起哄胡闹，真的令我哭笑不得啊。

随着院长和她老公的带领，一群人拖着好长的队伍，沿着停车场外面的道路，往上走了一小段坡道，岔路的左边是旅馆，而右边才是我们的目的地。

往右转没多久，离开了大道，我们走向旁边的阶梯小道，进入满布高耸树林的深山里。持续走了一会儿，发现每一棵树木的间隔开始变大，而坡度也渐渐变缓，接着看到别人搭的帐篷，一座座像是碉堡，很有意思。

在挑了一个范围广大的地方后，大家便分成之前讨论好的队伍，一个个去寻找平台搭帐篷。我带着小高跟其他几个小朋友，找了一处两旁有树木的小平台，开始搭帐篷。

没有搭过帐篷的我，依靠着聪明的小高，再加上随便乱弄才得以顺利完成，虽然他也不是很熟练，但这么小就懂得要怎么搭，跟我比起来已经是非常厉害了。

大家在一片欢愉的笑声中搭好帐篷，随后我们跟着院长她老公的脚步，到某一段的水道去参观。与其说是水道，倒不如说是水沟，清澈的泉水从上游流贯山林，细细长长的像是某种动物的尾巴，不断漫延到山脚下，是种很漂亮的自然景观。

我们拍了不少照片，也有很多我和 Sunny 的照片。在拍照时，我总会不小心轻碰触着她的手，我没有看数码相机屏幕上的显示结果，但自己知道那不好意思的表情，一定很奇怪吧。

晚上，烤肉完后，试胆大会开始了。除了院长和她老公还有爱心妈妈以外，其余的老师全都集中在一处，开始装扮各种吓人的鬼怪，当然我也是其中一员。

“黑眼圈画深一点……粉涂白一点……再戴顶假发……哇！好可怕啊你！露个哀怨的表情给我们瞧瞧！”

“已经很哀怨了吧？”

我皱着眉头，惹得大家发笑，Sunny 最后再把白布套在我身上后，幽灵打扮就完成了。

装扮完后，我们一群“鬼怪”沿着上方走进深处，在规划好的路线旁边埋伏等待，Sunny 和我在靠近终点的地方，我们分别躲在两旁的树丛里，等着小朋友的到来。

小朋友们以两个或三个为一组，要沿着规定的路线，走到终点后，拿走挂在树木上面的铃铛，再走回去就行了。觉得害怕的小朋友，还有爱心妈妈可以充当保镖，所以全程的活动是安全的。

安静无声，只有虫鸣与叶子摩擦的声音，还有远处不断受到惊吓的尖叫声，虽然知道 Sunny 在我对面而已，但还是有种诡异的气氛在。

“伟……你在吗？”

在一片黑暗里，也不知道 Sunny 的声音打哪儿冒出来，我只能凭着声音的来源，眼神毫无焦点地搜寻着对面的树丛。

“当然在啊。”

“你在哪里啊？没看到人。”

我从树丛里露出一颗头，说："这里啊，看到了吗？"

"哇！你不要露出头啦！好可怕！"

"哈……你自己也是鬼还怕什么啊？"

"我看不到自己啊！当然不会觉得害怕！"

"嘘！好像有小朋友过来了！"

我们开始扮演了不怎么称职的鬼怪，一一从黑暗里跳出来吓小朋友，偶尔会有人被吓哭，这时Sunny会赶紧表明她是Sunny老师，但脸上的妆仍然吓傻了小朋友，似乎一点抚慰的用处都没有。

我第一次玩这样的试胆大会，扮鬼吓人的感觉有种莫名的快感，但还是有踢到铁板的时候。

遇到小高时，他临危不乱地直接对我说："阿伟哥哥，你这个样子好逊哦！"而原本该有的恐怖气氛，被大伙的笑声给覆盖了，身为假冒幽灵的我，遇到他也没辙啊。

结束了试胆大会，今天的行程算是美好落幕，小朋友们开心地在帐篷里胡闹，彼此分享着一天的心得。

"伟。"

"怎么了？"

"你在外面吗？"

"这个问题你问两遍了。"

我站在公共厕所外面，Sunny一直不放心地问，也难怪她会这么怕，因为厕所的灯坏了。

陪她上完厕所，沿着山林间的柏油道路，我和Sunny边聊边走回营区，虽然周围空无一人，但是气氛却很好。明亮的皎月高挂，照耀着我们，非常宁静，这样的相处时光很难得也很珍贵。

Sunny和我各拿着一支手电筒，像是夜里的灯塔般胡乱照着周围，我们调皮地玩了起来，随即她问："我找你出来，不知道妥不妥当哦？"

"为什么这样问？"

"因为……也许秋菊有想过约你啊，结果被我捷足先登了，突然有种罪恶感……"

突然有一种感觉，我想说出自己真正的想法，或许受现场的气氛所影响，有一股冲动促使我开口，即便Sunny心里还存有那个人……我还是想开口告诉她内心的想法。随即我停下脚步，Sunny见状，一脸疑惑地问我怎么了。

夜里实在安静至极，在这样的情况下，声音会变得特别有共鸣，会深刻地不断在脑中回荡，不管是语调或音量，像是在耳边重复播放着。等到完全没有声音时，便会进入情绪，平常不敢讲的话，也会变得想一语道尽。

明月的光芒照着我们，增添了些许的浪漫气息，我看着Sunny，正经道："我跟秋菊没有什么，你想太多了。而且我……"

Sunny 的目光让我停止要说出的话，她好像注意到我身后有什么，不停盯着瞧，没多久便拿起手电筒，照着我身后的树林，带着惊讶不已的语气说："伟……那里……"

本来以为 Sunny 要吓我，才会故意这样做，正要戳破她的诡计时，她突然闭起眼睛，好像很痛苦似的，说："我好像想起什么……脑袋里出现画面……在上面……"

话一说完，Sunny 突然走向她指着的方向，就在我询问情况的同时，她早已走进树林里。

这突如其来的举动着实吓了我一跳，用手电筒照着她走进去的地方，尽管杂草丛生，但却像有人走过一样，地上的枝草都被压出了道路的痕迹。

一时间没想这么多，立刻追上 Sunny，我在后面不停叫着她，但却丝毫没有得到任何回应，感觉她没有打算停止脚步的意思。摸不着头绪的我变得很紧张，究竟发生什么事情？Sunny 像是中邪，行为举止显得怪异，好似被人控制一般。

在树林里，拨开如同蜘蛛网般繁杂的叶子，我用手电筒照着地面，发现看似有一条被泥土盖住的石阶梯，漫延着整条坡道。虽然周围看不清楚，但等到走进树林里后才发现，有一股很强烈的感觉……好像在梦里发生过一样。

Sunny 想到了什么？这感觉又是什么？原本应该阻止她的我，忽然变得也想知道究竟会有什么事情发生。所以我们踩着阶梯，沿着坡道上去，到了不再有石阶的地方，眼前出现的是阻挡我们去路的树丛。

但 Sunny 像是早就知道后面还有路一样，没有任何打消前进的念头，接着她使劲儿钻进杂乱无章的树丛里，尽管那些树枝会刮伤身体，也无法阻止她急着想知道答案的心情。这样的心情我也是一样，我相信树丛后面……一定会有答案的。

没多久，我们费尽千辛万苦走出了那犹如荆棘般的树丛，来到一个没有树木遮顶的地方，那里应该是位于崖边，因为再往前就没有路了。

在那一瞬间，我看傻了眼，所有的画面都这么熟悉，是我梦里到过的地方……

星空灿烂耀眼，从我们所处的地方看下去，是一片辽阔无比的城市美景，所有画面跟梦里一样，简直不可思议……现实和梦重叠的影像，是多么令人惊讶，内心无比震撼，激动不已。

“Sunny，我在梦里到过这个地方，虽然有点模糊，但我能确定是一模一样的地方！这真是……我不知道要怎么讲了！”我笑了出来，因为当下的情况让我不知道该用什么表情才好，只知道傻笑而已。

“我想起来了……”

“怎么了？想起什么？”

Sunny 突然开口，显然是想到了什么。随即她回头看着我，眼神透露出的是一种莫名的喜悦，那样的表情像是我们许久没见面一样，此时出现在她脸上显得很不自然。

接着她忽然将我抱住，这无预兆的举动吓到了我，正要问发生什么事情的时候，却听到从我怀里传出的细微声音，她哭了。

“我终于见到你了……”

“见到我？”

Sunny抬起头，月光照亮了她的脸颊，闪着银光的泪水滑落，喜悦的神情表露无遗。接着她微笑着，轻声说：“我是Joyce啊……”

就在我惊讶Sunny为何要这么说的同时，她突然晕了过去，心急的我扶着她，不停地呼喊她的名字，但却没有任何回应。

这……事情不只来得突然，还很荒谬！我整个人慌了，脑子变得更混乱！同时，以前做过的梦不断浮现在脑海里，我不知道到底什么才是真的了……

Chapter 9

我们现在在距离营区不远的旅馆，Sunny 情况稳定地躺在大厅沙发上，老板正在观察她的状况。

“她没问题，只是晕过去了而已。”老板和蔼地对我笑着，听到以前曾是医生的他这么说，着急的我才松了口气，向他道谢。

想着刚刚 Sunny 昏倒后，我整个人好慌张，下意识地想找人寻求帮助，也不知道怎么背她走到这间旅馆的，总之刚刚那段时间我仿佛脑袋放空了一般。

老板帮我倒杯茶后，就回去忙着柜台的事情，我又再次向他道谢，然后才坐回椅子上看着 Sunny 熟睡的模样。

只是稍微闭上眼睛，梦的片段就像投影片一样不断播放，每一个画面都变得好清楚，好像曾发生过一样。我的头开始痛了起来，那样的感觉实在不好受，睁开眼睛看着 Sunny，满脑子一堆的问号，实在不懂，为什么她说自己是 Joyce？

“嗯……”

Sunny 似乎醒了，等她睁开眼睛时，我问：“感觉怎么样？”

Sunny 坐起身子后，好像还没办法第一时间弄清楚自己在哪儿，眼神茫然地看了看周围，问：“这是哪里？”

“旅馆，我们在大厅里。”

Sunny 还是一脸疑惑，我知道为什么她会有这样的表情，因为这间旅馆的光线昏暗，在意识不清楚的人来看，一定会觉得我在骗人。随即我把茶递给她：“先喝口茶吧。”

Sunny 接过茶杯后，眉头皱了一下，痛苦道：“头好痛……”

“老板说也许是因为头痛才会昏倒的，你回去后要看一下医生比较好。”

听我这么一说，Sunny 显然满脸疑问，我挪开身子向她指了指柜台的老先生，说明一切后她才明白，当然我把她昏倒前的情形省略掉，因为怕她想起之后又会有什么不好的影响。

“我们回去吧，也许院长他们在找我们也说不定。”

跟老板再三道谢后，我们离开了旅馆。

没有路灯的路段，凸显出黑暗的可怕，我们从旅馆后方山坡的小路走上去，经过短短的林中阶梯就能到营区下方的柏油路段。这小路是给游客方便往返营区的，早上走的话应该还好，晚上根本就是不知通往哪里的恐怖路段。

因为Sunny的手电筒掉了，所以我们只能依靠着另一支手电筒微弱的光线，小心翼翼地踩着阶梯往上走。我走在前方，注意力却集中在Sunny身上，虽然她可以自己行走，但我刚刚看到她走出旅馆的步伐仍是摇晃不定，很怕一个不小心她就会摔倒。

我想了很多的可能性，去一一解释Sunny宣称自己是Joyce这点，但怎么想都觉得她在拿我开玩笑。不过如果硬要解释成开玩笑，那么刚才跟Sunny一起看到的风景——我的梦与现实符合这点，又要做何解释?

而且她也不像是可以随时演出昏倒戏码的演员，这所有的一切都来得太巧、太突然，如果要像这样任何细节都合理发生的情况……这概率简直是微乎其微。

好不容易走出小路，柏油路上的路灯，那余光的尾巴像是指引我们，很快地找到回去营区的方向。这时也看见其他游客的踪影，不过也才两个。

我没有继续往前走，满肚子想说的话却又不知道如何开口，挣扎一会儿，还是先问Sunny："头还痛吗？"

Sunny轻轻点头，说："还会痛，但我想是因为记忆全塞进脑袋的关系吧。"

我直觉上认为Sunny的情况跟我很像，只是自己的是梦塞进脑袋，但尽管这样，也让我很难理解。我从没听Sunny说过自己丧失记忆，那么她现在说的记忆，又是打哪儿来的？好奇心让我脱口而问："你曾经丧失过记忆吗？"

"不对，不是这样的。"

Sunny将侧面的头发拨至耳后，两手摸着脸颊，深吸口气后说："应该是说……记忆一直都在，只是我还没想起而已。"

Sunny的话感觉很好懂又很难理解，我嘴边不断细嚼这些句子，但什么都无法明白，只是令我眉头像锁罢了。

见我苦恼，Sunny"扑哧"笑出了声，问："你一定有很多事情想问我吧？"

"嗯……还是改天再问好了。"我傻笑着说。

"伟，我真的好开心，好像在做梦一样……"

Sunny的话又再一次令我头昏，自己真的不懂为什么她要这么说。但她像是知道我早会露出疑惑的表情，只是淡淡地笑着，接着她缓缓靠近，轻轻将我抱住。她身上发出的阵阵香味令我着迷，体温清楚地传达给我，即便隔着衣物，却丝毫不减其温暖。

我也不知道自己为何异常镇定，只是觉得她的拥抱像是曾经有过一样，记忆似乎不断将所有的感觉找回来，让我追回那失去的熟悉。

朦胧的路灯下，光的范围形成了一颗球状体，包裹着我们两个。在淡淡橘色光的笼罩下，我看着Sunny的微笑，一时间和梦里的“她”重叠，我心里变得异常激动，那种恋爱般的感觉正在敲打着心房。

我可以感觉到血液正在流动，心脏不停跳动，每一次的呼吸，都能感受到全身因爱情而产生的悸动。

只是一抹浅浅的微笑，却告诉我所有的爱情信息，这世界上最难懂的密码，此刻却能够轻易解读出来。这是不用任何言语的倾诉，也是人类与生俱来的本能，我再一次清楚知道，自己好喜欢Sunny。

帐篷里，黑漆漆的感觉令我越想越多，距离刚刚发生的事情才过了不到一小时吧？我没有刻意去看时间，只知道现在一定是人最熟睡的时刻，听着身旁小朋友打呼噜的声音就能略知一二。

躺在靠近帐篷入口的位置，即使小朋友的打呼噜声令我好似身处战场一般，我却依然能够静下心来胡思乱想，这样说很矛盾，但震耳欲聋的声音的确无法干扰我脑中的诸多假设与想象。

帐篷上出入口的拉链没有完全拉到底，露出小小的孔，阻止不了外面的荧光灯透进些许的橘红色光芒映射在我的侧脸上，这样的光并不刺眼，色调和杂乱的心情相呼应着。左翻右翻几十回，我根本没办法入睡。

不到一天的时间，有可能让一个人变成另外一个人吗？当然并不是说完全变了个人，Sunny 给我的感觉仍然还在，但却又有些不同，我不知道该怎么形容这样感觉，硬是要解释的话，好像她身体里同时存在着两种人格似的。

而这两种人格巧妙地融合在一起，虽嗅得出原本熟悉的味道，但却又是那么陌生。

不断思考着 Sunny 说的话和我们之间变得微妙的关系，我实在不懂，不懂为何会变得这么复杂……

闭上眼睛后，好多梦的残影不断快速转着，扰乱了我的思绪，它们很巧妙地配合夜里的寂静与小朋友的打呼噜声，使我根本无法静下心来思考。而且现在开始出现的画面，会让我的头感到轻微的痛楚，是刺激到哪条神经之类的根本无从得知，只知道越费神去思考就越疲惫……

我的头异常痛，睁开眼睛后，见到眼前的一切都呈现着朦胧的感觉，立刻就晓得自己身在梦里。

突然画面一转，整个场景都变了，在一片天色昏暗的夜里，我摇摇晃晃地走在海岸的堤防上，突然整个世界都天旋地转，一时间还分不清楚上下左右是何物。

听得见有人在我后面笑，但身体却没办法循着声音找到笑脸。

终于，在整个视线转了好几十圈后，我身体不支倒地，躺在地上认输了。

“哈哈！你的样子好像喝醉似的，如果你这样去开车的话，警察一定拦你下来测你是否醉驾！”

在我身后的女生笑开了，声音格外上扬，等到视线的影像全恢复正常，才知道我们在玩“低头转圈后走路”的游戏。

坐起来后，回头看着站在身后的那个女生，我能够看得很清楚，是Sunny。这不意外，因为自己一直希望是她。

Sunny伸出了手，不掩笑容地问：“站得起来吗？”

“好很多了，换你转转看，我会在旁边扶你。”

Sunny将我拉起来，苦笑道：“好像很可怕的感觉！会很晕吧？”

“不会，你转转看就知道了，来吧。”

虽然Sunny很不愿意，但在我半强迫的催促下，她还是勉为其难地玩起来。等到转了差不多五圈时，她开始狂叫晕头转向，转完十圈后，连走都没走就倒在我怀里，像漫画里被敲晕似的，笨拙的模样逗得我发笑。

“你也太厉害了吧！怎么那么快就好了？我连蹲都有困难啊……”

Sunny直呼我异于常人，恢复力比一般人来得快。我扶着Sunny坐好，接着说：“这次我转二十圈好了！”

Sunny还来不及阻止，我就开始转了起来，虽然自己不是很想去转圈圈，但只能无奈地跟着梦里的我去做。差不多转了十六圈左右，我整个倒地，这次更夸张，我已经分不清楚是地球在转还是我在转了。

“有没有怎样？”

我听见Sunny带着笑意询问状况，而自己像是疯了一样，感觉才刚恢复点正常后，又接着开始起来转圈圈。

我们的欢笑声，飘落在长长的海岸，没有其他人打扰，没有任何不愉快的事情烦恼，这是只属于彼此的独处时间。

记得我们躺在海边时，你问我干吗要一直玩着转圈圈的游戏，我不清楚梦里的自己回答些什么，总之很含糊就对了。

但是，我听得见心里的另一个声音在说：“因为……我怕眼前的世界一阵天旋地转后，你就不见了。所以我要尝试……试着让世界不再是熟悉的世界，等到所有一切都恢复正常后，我还能够听得见你的笑声吗？还看得见你的笑容吗？我只想……活在有你的世界……只是这么想着而已……”

这是我第一次觉得好难过。

这样的梦以前不曾做过，虽然只是梦而已，但我却有极深的感触。那种不想离开的心情……想和喜欢的人在一起的心情……都让我的心感到好疲倦。遗憾在心中狠狠割了道伤痕，就连呼吸也会感到痛苦。

突然睁开眼睛，意识到自己从充满哀伤的梦中醒来，清新的空气和清脆的鸟鸣告诉我早晨的到来。只记得自己没有睡很久，看了看时间也才早上五点半而已。

我注意到有条短信，是Sunny发的，时间大概是昨晚还没睡着前发的，内容是问我睡了没。虽然现在回有点晚，但还是回了条“早安”的短信给她，不过才刚发完不久，短信声又接着响起，我急忙打开来看，是Sunny发的。

“早安，昨天睡得好吗？”

一条短短内容的短信，却在一天的早晨给予我最大的动力，不管怎么样，任何时刻只要能收到Sunny的任何信息，我都会感到心中一片温暖。

随即我拨了一通电话给她，心情变得异常紧张，想到她突然的转变，让我觉得彼此之间的关系变得有些生疏。一首钢琴伴奏的铃声响了没多久，Sunny便很快地接了起来，话语还带着些许慵懒的声音，说：“早安。”

“你起这么早吗？”

“其实也没怎么睡，因为头痛得快要了我的命了。”Sunny玩笑似的说着，“而且我以为你昨天会发短信来。”

“对不起，我昨天头也很痛，跟你不一样就是了，我痛到好像被人敲晕一样。你等我的短信等很久吗？”

“断断续续起来看手机，就这样一直持续到现在。”

“嗯……那你头痛好点了吗？”突然身旁呼呼大睡的小朋友一个翻身，着实吓了我一跳。

“没有，还是很难受，我想是因为很多记忆一次涌入的关系吧……现在脑海里有好多以前的回忆，和现在的记忆融合在一起，好像在打架似的。”

我以为睡一觉过后，所有事情都会有答案，就连Sunny也会恢复正常。但……事情似乎还是一样复杂，虽然很难相信，却还是问：“你真的……是Joyce吗？”

我能够听得见Sunny靠近话筒的呼吸声，她笑着说：“嗯，我是Joyce。”

Sunny回答得很干脆，让我不知道该说些什么才好，就在大脑一片空白时，她又接着说，“虽然我不知道的事情很多，但等我思绪变得比较清楚的时候，我会把所有自己知道的事情跟你说的。”

“嗯……”

“那我等等要先起来了，等会儿见哦。”

“Sunny，我——”

突然我又开不了口，只是以沉默代替想说的话，Sunny没有急着问，只是很有耐心地告诉我：“慢慢告诉我，我在听哦。”

“嗯……只是要告诉你，我希望你一直都是我认识的Sunny，不想要你有任何改变……”

“笨蛋，我一直都是你记忆里的Sunny，你不要担心。”

Sunny的回答让我安心许多，也许是我自己想太多了……

今天的行程不多，大概接近中午我们就离开宿营地，要走之前我还特地找了一下昨天Sunny发现的那条小道，但却怎么找也找不到，也许这就是所谓的“巧合”吧。

回来的路上，我没有感觉到舒服，本来以为全程都下坡的话，与上坡路段相比较，应该不会这么难受才对。结果以身体去感受得知，我错了，因为忘记把复杂的弯道因素给算进去，这也是促使我呕吐感倍增的主要原因之一。

Sunny变得格外和我亲近，本以为睡了一觉后，所有事情就会变回原样，但我们的关系似乎大大跃进了许多。虽然这是件值得开心的事情，但身体的不适感却无法忽视，我靠着窗户，试着让自己能够入睡，跟昨天一样，Sunny说了些什么我完全没印象……

回去之后，只记得一直跑厕所吐，也许是车上的折磨造成的疲倦，让我浑身充满着睡意，等感觉比较好一些后，躺在床上没多久便睡着了。依稀记得最后要睡着前，我意识模糊地提醒自己：如果好一点的话，傍晚要去海边……

这是下车后，Sunny笑着跟我说的……

晚上六点十四分左右，我慌慌张张地冲去海边，因为我睡过头了！

话说也不知道自己是怎么惊醒的，在睁开眼睛的瞬间就有预感睡过头了，看时间才真的慌了起来。虽然打电话给Sunny，但她都没接，猜想可能没有带手机出去，现在也不知道还在不在海边。

但想什么都是多余，急忙洗了个脸，像是要赶上班迟到一样朝海边狂奔。

来到海边时，天色早已变暗，原本蔚蓝的海域变成了死气沉沉的黑海，只有靠近岸边的浪潮，稍微沾上些城市灯光的余光而显得格格不入。在一片能见度不高的海边，很快地搜寻到Sunny的身影，她正坐在平常我们待着的地方，看似在发呆一样。

“Sunny！”

她听见我的声音后，转过头对我笑了一下，那样的笑容让我更加感到歉意，我随即道歉：“对不起，我……睡过头了。”

Sunny并不如预期那样责怪我，只是笑着说：“你没有爽约就行了，不是吗？”

“可是……你等很久了吧？总而言之，对不起。”我再一次道歉，但Sunny只是露出一贯的微笑，像是忽视掉我的错误一样。

待我坐下时，她接着问：“好一点了吗？”

“嗯，好很多了，不过是晕车而已，没什么大碍。”

“是呀，不过是晕车而已，小高一直在笑你呢！”

哈……这我预料得到，晕车的时候还常常想着小高是不是正在背后偷笑，果然没错。

就在我感到不好意思而干笑时，Sunny凑近到我身边，眨着眼睛不停盯着我瞧，她的眼神像是要将我看透一样，使我感到害羞而将目光转移到一旁。说实在的，我不太习惯她这样，应该说变得主动还是什么，总之……她给我一种异常积极的感觉。

“怎么了？我脸上有什么吗？”

Sunny摇着头，说：“我还是……感到很不可思议，真的见到你了……”

“Sunny你……到底怎么了？明明几个小时前才见过面，现在为何又这么说？”

我站起来后，深深吸了口气，对于Sunny的反应，不管怎么想都想不出个头绪，她的这些话已不是我能理解的，背后隐藏的谜题让我好奇地追问：“为什么要这么说？这样……不会觉得很奇怪吗？从你晕倒之后就变得怪怪的，说的话也让我感到困惑，还有你说自己是Joyce这点……我真的搞不懂你为什么要这么说。”

面对我心中诸多的疑问，Sunny只是淡淡地笑着，说：“我真的没有骗你。”

“如果要开玩笑的话，请你适可而止好吗？我不喜欢这样的你，不管是言语或举动，对我来说都很奇怪。”

脑中的疑惑越来越深,怎么想都不对,所以我为自己给了个“Sunny在开玩笑”的答案。也许是听见Sunny理所当然的回应，再加上一切都不合理且无法理解的思绪，更觉得她仍然在戏弄我，使得我语气变得稍微重了些，只希望她可以停止这无聊的笑话。

但她却像是越打越顶嘴的小孩，坚持己见说:“我没有说谎，也没有开玩笑，我真的是Joyce。虽然脑中的记忆复杂且混乱，令我头痛不已，但我仍然知道自己是谁。”

Sunny说出了含糊不清的解释，我很想去相信，但就是没办法去理解这个“玩笑”。随即我假设性地问:“你……把对心中的那个人的感情，转移到我身上，所以才编出这些故事？”

“不是这样……”Sunny脸上挂着微笑，但表情略带点哀伤，她站起来后，轻轻地牵着我的手，这突如其来的反应虽令我惊讶，但注意力随即放在她手上的贝壳手链上，她把另外一片贝壳也做成手链了。

她说:“原来……我心里的那个人一直是你……”

我……真的无法理解Sunny的话，她这样让我感觉到……自己像是替代品之类的存在。一时间的情绪让我变得难过，随即甩开她的手后，我加重语气地说:“如果你要继续不当一回事的话……那我根本不想跟你说任何话！”

这是我第一次对Sunny这么反感，不为什么，只因为她的转变和满脑子的疑问压得我好难受，再加上总会想着她是不是把对别人的感情转移到我身上，这些都是令我突然生气的原因。恼羞成怒下，我不知道该说些什么话才好，只打算说声抱歉后离去。

但正准备离开时，Sunny 突然开口说："别难过了……我可是好不容易才考赢你一次……"

听到 Sunny 的话时，我感到一阵惊讶，这句话勾起了梦的片段，在我脑海里一次又一次地重复上演着。

"我永远记得……你传给我的第一张纸条……这句话给我的鼓励有多大……"

我不敢置信地回头看着 Sunny，她只是笑了笑，接着又说："这句话有多么笨拙，但我却看得出来……你想为我加油打气……"

这几乎令人无法相信。我的心跳急速加快，从以前到现在，没有任何一件事情可以证明我的梦的真实性，但现在……会有答案吗?

"你……究竟是……"

Sunny 浅浅一笑，说："我是 Joyce 啊……"

那模样与梦里的你重叠，所有的一切都变得极为真实……

站在我面前的 Sunny，脸上洋溢着特别的微笑，表情里带着深深的感动，和平常所见到的她实在差异甚多。就因为这样不同的转变，才会让我感觉到她像是变了个人似的。

侧耳听见的是海浪翻腾的声音，打破了黑夜带给人的孤寂，增添了少许待在黑暗里的勇气。

海风一阵一阵吹过，使得凝重的气氛，得到了一些微不足道的调和。面对将要揭晓的真实，真正需要的是平常就能感受到的自在，比如光是一点点的微风，就能让我激动的心好好冷静下来，思考 Sunny 说的话……

那些是我的梦不是吗？

但，真的是梦而已吗？

原以为一切都是虚幻的我，在找不到任何证明的方式后，更让我确信脑海中的那些记忆，只是一个又一个无法解释的梦。但 Sunny 的一句话，却让我再度怀疑这记忆的真实性，她知道我的梦，就好像……她是梦里的那个女生一样。

做梦时会梦到 Sunny，这应该只是大脑记忆被代入的结果而已，就跟一般人一样，会梦到现实交错的情形。但此刻这些认知却被 Sunny 给推翻掉，即便只是短短的一句话而已，就能动摇我失去已久的信心。

思考的同时，有很多梦的片段在我脑海一闪即逝，它们像是要侵蚀我的记忆一样，不断涌进。我的头开始痛了起来，脑中的影像一点一滴地重现，Sunny 和梦里的女子……像是叠影画面一样出现在我脑中。头痛的频率越来越密集，痛得我蹲了下去，合上眼睛才觉得好过些。

见我整个人不舒服，Sunny 很快来到我身边，她跪坐在沙滩上，一双柔弱的手轻抚着我的脸颊，说："你跟我一样对吧？会感觉有一种似曾相识的影像在重叠交叉，我也是，一直都是如此……请你相信，不管如何，这些都是真的。我是 Sunny，也是 Joyce 啊……"

我……不知怎么了，想试着去相信 Sunny 的话，或许她那眼神坚定而又清澈，透露出真诚，让我打从心底对她的话存有一点点的信任。

天底下真的有这么万中之一的巧合发生——我捡到了 Sunny 寄出的瓶中信，但是事情似乎不单单只是这么简单而已，她仿佛跟我失去的那些记忆有所关联，不然的话……为何知道我的梦？

如果只是单纯的身份问题，那将会是非常容易了解的事情，但是 Sunny 却知道很多隐藏在真实背后的事情，这就是我一直想不通的……

轻触着 Sunny 纤细的手，我感受到她心中的慌张及害怕，她的手传递给我的冰冷温度，显示她并不如她脸上的笑容般平静，难道她感到很不安吗？

"你在发抖吗？"

"嗯……虽然接受了所有事情，但仍然对突如其来的转变感到惊恐，还有脑海里的那些记忆……我始终感到很不可思议……"

她挤出生硬的笑容，摊开双手，看着自己的掌心，眼神透露出的是诧异，轻声说："我真的来到有你的世界了……"

Chapter 10

偶尔远方的道路会传来呼啸而过的汽车声，在我们身旁有着从不间断的潮水声，以及细微到很难去注意的风声，这些再平常不过的东西，是构成世界的因素。

我从来都没有意识到，这样的平凡世界会有多少个类似的世界存在着，却能了解到，能够活着的世界只有一个，也是我们生活的这个世界。

Sunny 的一番话，以科学来说简直脱离了人类的基本常识，那已经是十分抽象的意味了。

也许她只是有所感触地抒发情绪而已，但她的表情却让我不这么认为，一心想要了解事情真相的我，调整了自己的呼吸后，冷静且缓慢地问："如果你真的是Joyce，那么那些瓶中信是写给我的？那这样说来的话……我们很早就认识了？"

突然，我感到有些细节不对，疑点像是伴随着问题出现，在停顿几秒后我又问："但是你怎么会不认识我呢？而且看到信的时候，那反应像是你完全都不知道一样，难道你有失忆症吗？"

"不是……"Sunny只是轻轻摇着头，没有多说什么。

我则是急着想知道事情的来龙去脉，接着问："这根本说不过去对吧？如果你早就已经认识我的话，那么一开始为何装作好像从来都不认识我呢？之后又为什么要告诉我，你是Joyce？

"这……真的很矛盾！难道你真的只是跟我开玩笑？还有……你说的纸条，在我梦里也出现过，几乎是一模一样，为何你知道我的梦？"

Sunny低下头，表情有些落寞，她问："你都忘了吗？"

"忘了？我不晓得你指的是什么，但我的确曾经失去两年的记忆，是高一和高二这两年的时间。

"而之后在我记忆里多了好多的梦，很多梦仍然记忆犹新，虽然怀疑过那些梦是否就是失去的记忆，但我查证后却得不到任何相符合的结果，只能当做纯粹的梦而已。

"而你……却知道我的梦，纸条……不，甚至是上面写了什么，你十分清楚。这让我不禁怀疑，我的梦跟你的记忆是否有关联，还是说……那些梦的确存在过？”

“原来……你忘了，甚至以为那些全都是梦……”

我的心急速跳动，Sunny 的话让我对曾经放弃过的“真实”又燃起了期待。

“你曾经对我说过……”伴随着耳边海浪反反复复的声音，Sunny 缓缓说着，“这个世界的运行就像是一条漫延下去的线，而编织出这条线的是所有的万物。但是，这个世界的主轴真的只有一条线吗？

“或许真的只有一条线，但是……却可能有好几个不同的世界同时运作着。在我们生活的这个世界还在运行时，或许有极为相似但却不同的世界跟着我们一起编织这条线，那是……平行世界。”

“我曾经……说过？”

Sunny 转身看着辽阔漆黑的海水，拨弄着被风吹乱的头发，接着说：“第一次从你口中听到时，只觉得你是不是太疯狂了些。虽然关于平行世界这个词并不陌生，但是要把它套入到我的思绪里，那真的很难令人理解……”

“嗯，的确，要把这样的东西灌输在常识里，真的不是一件轻易就能说服的事情……”

“但你却说，那是唯一能证明你在我身边的解释了……”

“等等……我搞不懂……”一阵一阵的头痛让我皱起了眉头，撇开 Sunny 说的这些，我不解地问，“这跟你说自己是 Joyce 这点有什么关系呢？

“先不管捡到瓶中信的概率问题，如果你真的是 Joyce，那么顶多只是你写的瓶中信刚好被我捡到，然后我们再一次相遇这么简单而已，正常来说不是只要这么思考就行了吗？说到平行世界什么的……根本没有必要讲这么抽象，不是吗？”

Sunny 低下了头，摸着她手上的贝壳手链，用着细微的声音，语气柔弱地说：“伟……我知道自己……是从另外一个世界来的……”

另外……一个世界？

Sunny 的回答……我越来越不懂这样抽象的答案说出来有什么意义，甚至认为，她是不是有点神志不清了？

“很难相信对吧？”

面对 Sunny 的询问，我只是一脸惊讶地点着头。她浅浅地一笑，说：“没关系，谁听到这样的事情都会觉得不可思议！

“就连我第一次听到你表明自己是从另外一个世界来的时候也是一样，当初真的很难相信你说的，只觉得你是不是在开玩笑。但是……尽管如此，我仍相信你不会骗我，这样的冲突让我苦恼很久。”

“当初……Sunny，请你告诉我，我们是什么时候认识的？”

“我们真正说上话是在高二的时候。”

“高二……”我心里除了惊讶还是惊讶，我高二的时候……认识

Sunny？

“嗯，我们从高一的时候就同班了，当时你坐在我后面的位子上，想起来了吗？”

“我坐在你后面……那么之后，你换到我旁边对吧？”

“嗯！你想起来了？”

我傻傻地笑着，回答：“不是我想起来，因为这些都是我做过的梦。”

“我想，你说的那些梦都是你真正的记忆才对，是你丧失的那两年记忆。”

真相终于有些明朗，我感到心情异常兴奋，从以前到现在，都没有任何方法能够合理解释那些梦，但这次不同，Sunny能够证明所有一切。

站在能够触及真相的那道门前，我内心是多么期待与不安，这样的心情同时并存着，期待着什么……又为何感到不安……虽然不是很明白，但我此刻的感觉就是如此。

“那这样……不就很清楚了？我们是在同一个世界里认识彼此，才会有那些记忆，另外一个世界什么的，听起来只像一个三流笑话罢了！”

我玩笑似的说着，所有的事情都得到了合理的解释，而Sunny一开始不认识我这部分，大概是她忘了吧。

但是……从信里透露出的那些爱情信息，这真的忘得了吗？

“我们认识的时候……就读的学校，并不是现在这个地方对吧？因为我知道自己就读的高中是在台湾中部而非这里。”

我自顾自地说着，像极了准备拆穿凶手诡计的侦探，不假思索地说：“因为某些事情分开了而丧失记忆的我，忘了曾经认识过你。一直到现在，我们又碰巧在这里相遇，这样的话……”

不对，尽管有些眉目，但解释出来就是没有头绪，总会卡在众多的疑点上。像是在梦里我有个父亲，这要怎么解释？妈妈也说过我高中从来都没有转过学，如果梦就是真实的记忆，那么我应该是在同一所高中认识 Sunny 的，可是梦里的学校跟印象中的学校又有点不同的感觉……

而且高三时，再怎么样也应该还会留有一点点她存在过的迹象才对，但不管是谁，都没有人提到过她。难道只有我知道她？只有我看到过她？还是说她离开了呢？这样的感觉不像离开，好像她从来都不在一样……好像……

好像她消失了一样。

我停止了自以为是的猜测，打结的思绪让我无所适从，正在思考这复杂的问题时，Sunny 忽地开口说：“在我的世界里，也就是你一直以为的那些梦，我们一直都住在靠海的城市，就像现在我们站着的这里。”

“不对……我知道自己不是住在靠海的城市，前几年是因为医生的建议，我才搬来这里，这也是我第一次来到这里，这些我不可能不知道！我只有曾经……在梦里到过这里……”

我想起梦里的场景，很多画面都在海边，看着海滩四周的景色，虽然某些细节不一样，但跟梦里的景象相比非常相似。

我已经……快搞不清楚梦和现实的区别了，到底该相信什么？连自己踩在什么空间，我都分不清了……

我觉得自己浑身无力，不停地动脑思考着难解的问题让我耗尽了心力，一屁股坐下后，我问："我到底是谁……"

Sunny 非常镇静，像是早就知道我会有这样苦恼的反应，她也坐在我旁边，习惯地伸直了腿，让自己放松后说："你是伟，不管你在哪个世界，你都是我认识的伟。"

"平行世界的理论……你真的相信吗？"

"我相信，因为……" Sunny 给了我一个微笑，"我又见到你了。"

正当我想说些话时，Sunny 又接着说："当初我跟现在的你一样，觉得平行世界这种东西根本是无稽之谈，但是最后我发现自己错了，因为……你就活生生在我面前消失……"

"消失……我消失了？"

"嗯，没有亲眼见到的话根本没办法相信，你现在一定觉得我是不是得了幻想症对吧？"

Sunny 眼神透露出些许难过，接着说："你在消失之前曾经不断告诉我，你快要离开我了，虽然不知道为何你会这么说，也试着想当做玩笑来看待，但最后就如你说的一样……你真的在我面前消失，我想抓住你的手都没办法……”

我看着自己的手，真的很难想象它曾有那么一天消失的画面。Sunny 屈起了双腿，将下巴靠在膝盖上，语气消沉地说：“那一刻，我简直快崩溃了，不敢相信自己肉眼所见，只觉得或许精神出现了异常也说不定。

“而奇妙的是，不只你人消失，就连周围的人都像从来不认识你一样。在学校，我旁边的位子变成空位，老师和同学都不知道你，就连家人给我的回答也是否定的。

“大家的反应让我觉得自己像神经病一样，一开始无法接受，但时间久了就开始在想，你是不是我幻想出来的，也许这样的想法可以让我好过一些……但……”

Sunny 的手环抱着双腿，语带哽咽地说：“但我做不到啊……和你在一起的快乐……暗恋着你的心情……还有我们的初吻……这些要我怎么当做是从来都没有过的呢？”

Sunny 落泪了，她的哭声仿佛盖过接连不停的浪潮声，清清楚楚地传递到我的心里，这种最直接的语言，我听得很清楚……

“就如我说的，我没有忘记过，只是一直都没有想起……你离开以后，虽然留下了你的记忆，但却只是种痛苦而已。因为我知道……或许再也见不到你了……”

Sunny咬着下唇，话中有着浓浓的鼻音，她难过且试着一字一句说下去：“没有人能够解释你存在过……只有我的记忆能够证明而已……”

Sunny情绪崩溃到痛哭，那种悲切万分的声音，在我心里留下好几道伤痕，使我痛得难以呼吸。无法忍受她这样悲泣的我，轻轻抱住了Sunny，只想给她些安慰，替她分担那些难过……

我还说得出什么是现实，但是现实存在着很多我们无法说出的事情。

我想去相信Sunny说的一切，因为我知道，那些因伤痛而流的泪水，绝对不是虚幻的。虽然心中对这样的事情还是保持着疑惑，但就跟Sunny说的一样，还是会保留一点点对它的信任。

我选择相信Sunny，也相信那些梦是真的存在着。

不知道过了多久，Sunny才停止哭泣，她用手拍着我被泪水浸湿的上衣，不好意思地对我笑了一下。

“所以……你的世界跟我的世界是不同的？”

Sunny拨了一下被风吹乱的刘海儿，擤着鼻涕说：“对，但是基本上是相似的，比如说像这个县市，还有这个海边，很多地方几乎一模一样。而不一样的地方也是有的，像是历史方面。”

"就像你说的，曾经发生过第四次世界大战？"

"嗯，那就是在我的世界！"

我稍微有点眉目，难怪之前Sunny会常常讲一些不存在的事情，原来是在说另外一个世界。

我用手指在沙子上胡乱画着，一边思考一边说："所以，我在不知情的情况下到了你的世界，然后……可是不对，这样的话，在那个世界时，我的家人是哪里来的？难不成是导演安排给我的吗？"

Sunny"扑哧"笑了出来，她手指靠着下巴，一副思考的模样说："其实我也不晓得，但我猜想，这跟你消失后的情况一模一样，任何一切都是瞬间变化的。像是水槽里的水，另外再加一杯水进去，你觉得会产生什么异状吗？应该很理所当然地认为水槽里的水仍然没变吧？"

"嗯，有点难以理解……"

"仔细想想，这应该不难懂才对。就跟我一样，在还没想起原本的记忆前，我很自然地知道自己在这个世界里是谁，从事什么工作，这些并没有让我有任何的疑惑感。在我想起记忆之后，事实上我是怎么来到这个世界的，自己根本就不晓得了。

"就像一般人不曾记得自己是如何出生的，在开始有记忆之前都是空白，等到开始有记忆的时候，或许已经要读幼儿园了呢。"

Sunny的解释，虽然还是有点难懂，但却可以说清楚很多事情。

不知不觉在沙子上画了个旋涡，感觉这就像是我的思绪一样。问：

“那我是怎么知道自己不是你那个世界的人？还有你也是，是怎么知道自己是另外一个世界来的？”

“因为我脑中拥有两种记忆，一个是关于我的世界，一个是这个世界的。而你的情形不知道是不是跟我一样，触及相关的事情才会想起。

“像是我写的瓶中信，那天在你房间看到的瞬间，就觉得似曾相识，有一种好熟悉的感觉，进而唤起了原本被埋藏的那些记忆，甚至还因此出现记忆混乱的情形，使我一下子负荷不了，所以才会觉得头好痛。

“昨天看到那满天星辰的夜景时，不知道是不是脑中阻挡着另一个世界的记忆隔阂崩溃了，脑子里在几秒的时间涌入无数的回忆片段，想起了在我的世界里，也有个一模一样的地方，而且我们曾经到过那里，你还送我贝壳手链，就是我们手上的手链。”

Sunny举起了手上的贝壳手链，笑着说：“受不了刺激而昏倒的我，醒来后发现自己拥有两种记忆，才知道我不是这个世界的人。”

Sunny说的，都曾在我梦里发生过。不，已经不能说是我的梦了，那些都是我的记忆，是我在另外一个世界的记忆，而自己不断地做梦，就是在重复想起这些记忆。

我思考了一会儿，又接着问：“那你是怎么知道我就是伟？我是指，你怎么不会觉得我只是刚好跟你认识的伟有着同样的姓名、同样的长相之类的？虽然说这样的概率很低，但平行世界的理论都有了，这样的情形也不是没有吧？”

Sunny 露出微笑，用手指着自己的手臂，说："你的胎记，那像翅膀一样的胎记。"

听着 Sunny 的回答，我不自觉笑了起来。仿佛所有事情都得到解释一样，跟以前找寻答案的挫败不同，这次是真的得到了答案。

"那么我消失……就是回来我的世界……"我用手指了指下方，"这个世界喽？"

"应该是这样没错。"

"找不到任何证明的我，把记忆当做了梦，然后不知何时，你来到我的世界，跟我当初一样，也忘了自己是谁，后来才因为某些事情而想起所有的记忆……这一切真的是……真的很不可思议！"

解开了所有的结，被开心冲昏头的我，站起来后，对着海不停地大叫。我不清楚自己为何要这么做，只是很想把所有的情绪宣泄出来，不管是那些令人难以置信的事情，还是因为种种的困惑得到了解答，这一切都让我好想放声大叫。

Sunny 看到我像个笨蛋一样大吼大叫，也跟着开心地笑了起来，接着我将她抱起来，在她还来不及反应时，我们冲进了海里，开始胡乱玩起水来。她的笑声回荡在夜里的海边，是我再熟悉不过的声音，也是我永远都无法忘记的。

我从来都没有想过，这样的爱情能有多么浪漫，即使分隔两个世界，两颗心依然牵连着。

不管是在哪一个世界里，我仍会为她动心。不管是在哪一个世界里，我仍会再一次喜欢上她。

我希望能一直在她身边，不管是在哪一个世界里……

突然，Sunny 抱住我，将头埋入我怀里，紧紧地、紧紧地拥抱……

“Sunny？”

“在你身边……感觉真好……”

我轻轻地抱住 Sunny，我们听着相同的海水声，感受着相同的海风，站在同一个世界里。

我也是，能够在你身边……真好。

虽然说 Sunny 告诉我的“真实”是件非常离奇的事情，但是我却选择相信她所说的，因为只有这样，才能解释我那些似真似假的记忆，也就是自己以为的梦。

而且 Sunny 应该不会特别编一大串的假理由，来开玩笑说她就是 Joyce 这件事情，如果真是骗我的，只能说她实在是一个好演员。

所以我选择相信，但内心仍然觉得平静，或许是因为还没看到一些非比寻常的事情发生吧。

我再一次重新看每一封瓶中信，那感受变得大大不同，不管是哪一封，都有着比之前看时还要深刻的情意。

在Sunny还没告诉我她就是Joyce之前，对于瓶中信，我只是以旁观者的角度来看。而现在，却能够真真切切地感受信里的字句，多么令人为之感动。

她写的任何一封瓶中信，都是在我离开之后发生的生活琐事，现在的我想要再一次细细体会，在她世界里的所有一切。

虽然自己只依稀记得些许另外一个世界的记忆，但我却能清楚地知道，在另外一个世界里，我仍然喜欢着Sunny，即便到了现在也还是不变。

从那天得知所有事情开始，我们似乎又回到了曾经断掉过的轨道上，就像接续着上辈子未完的爱情，两个人一瞬间变成了恋人，但这样突发性的转变还是令我不知所措。

可能是自己不像Sunny那样，想起的记忆是完整的，所以对我的态度可以表现出很自然的状况。相反我只有一部分的记忆而已，所以像是一般恋人那样的互动，仍然会感到很害羞，有时突然被Sunny牵起手，还是会觉得有点不好意思。

Sunny说过："可以不必这么在乎我们是什么关系，就像平常那样自然就行了。"

虽然她说得很容易，但想想平常那样的关系，好像也跟一对恋人相差不远。其实只是自己心理层面的因素吧，只要为我们的关系挂上"恋人"两字后，即便是以前做过的事情，也会感到心跳加快、特别新鲜。

现在傍晚到海边的约会，已经不是各自过去了。下班后，我会去Sunny的住处接她，然后一起漫步走到海边。

之前她总赶不上夕阳的尾巴，是因为有时候她会留在幼儿园帮助做些杂事，或是东磨西蹭的。但从现在开始的每一天傍晚，只要彼此没有什么事情耽误的话，我们都能一起看到夕阳坠落的那一幕美景。

我们牵着手，赤脚走在浪潮拍湿的岸边，海浪声顿时成了制造气氛的背景音乐。聊着以前的回忆、我离开后的事情，当然还澄清了我对秋菊的感觉，好多好多说不完的事，一天一天在我脑海里补充完善。

就算不在彼此身边，我们两个仍然会打电话和发短信来联系。中午会抽空打给Sunny，问她吃饱了没；上班时会偷偷发短信给她加油打气；晚上睡觉前也要听到她一声晚安才能入睡。

我们像极了第一次尝到爱情滋味的青少年，讲再久的电话都不腻，发再多的短信都不厌烦。

我的心里不再单单只有Sunny的容貌而已，她的一切，都在不知不觉中融入并真实地活在心中原本空着的寂寞地带。随时随地都想见到她的笑，任何时刻都想听到她的声音，所有她的一举一动，哪怕是随风飘扬的发丝，我都想要将这些深深记在心里。

这已经脱离了单纯的喜欢，甚至到了所谓的爱这种地步，从牵手感受到手心的温度，从拥抱感受到爱情的心跳，所有的动作都在说明着爱上一个人是多么无法自拔。

不知不觉已经过了一个月，这些日子有 Sunny 在身边，每天都像活在幻想世界里一样开心。

有很多时候，我们常常跟秋菊和阿哲，一起坐在茶店聊一个晚上，Sunny 也渐渐地融入我们的团体，秋菊和阿哲也默认了我跟她的关系。也因为这样，他们两个对待 Sunny 变得特别亲切。

有很多时候，我和 Sunny 待在她住处的顶楼阳台，数着夜空里的星星，谈天说地。一有值得开心的事情，我们就会买小蛋糕和仙女棒，开起小型庆祝会，甚至玩疯了，蛋糕变成现成的颜料，我们像极了顽皮的小孩，玩起互相涂抹鲜奶油在脸上的蠢游戏。

这些时间，一点一滴地累积，都是我最珍惜的。有你的欢笑，仿佛很多事情都变得有趣了，这些时光没有任何事情可以取代。

尽管记不清楚了，但我开始感受到在你的世界里，离开时的那份舍不得与无力感，就像伤痕般隐隐作痛。

越痛苦……就代表我爱你越深……

Chapter 11

“有你在的世界里，怎么样都不会腻。”我和Sunny在她住处的顶楼阳台，靠着矮墙彼此依偎着，她的头轻靠在我肩膀上，看着夜里的天空发呆。

看着一点星辰都没有的天空，或许星辰都被云层挡住了，那样的景色犹如一幅黑色油画，能够恣意想象着任何画面。晚风一阵吹拂，我问：“头痛好一点了吗？”

“嗯，好多了。”

“你最近头痛的次数好像越来越频繁了。”

“可能是记忆塞爆的关系吧，不只有头痛，连身体都莫名其妙变得好虚弱。”

Sunny 说着的同时咳了一声，仔细一看她的眼神带着些许疲惫，整个人无精打采的，这样的情况是从这几天开始的，想起这么多记忆，让她有点精神倦怠吧。

夜晚的城市有点宁静，或许是 Sunny 的住处靠近海边的关系，一过晚上十点，除了部分店家仍在营业外，街道的人群会霎时减少一半，在顶楼可以稍微看到我们常去的海边。

平常待在那里习惯了，就算只有靠近道路旁路灯的些许光线，也不会令人有莫名的阴森感，但从远处眺望才惊然发觉，一片黑漆漆的海边，我们怎么会有胆子坐在那里？

突然想到第一次遇到 Sunny 的事情，回忆起那个画面，我笑着说：“第一次遇见你的时候，觉得你真怪。”

Sunny 皱着眉头思考了一会儿，才扬起笑容问：“你说的是有个笨蛋冲进海里溺水那一次吗？”

“当时我吓傻了，不会游泳的我又不知道该怎么办，满脑子混乱的情况下，只好先冲过去救你了。”我不好意思地说着，回想着那一幕，觉得当时真是笨死了。

Sunny 用她左手的手链俏皮地敲着我戴在右手的手链，轻声道：“其实，这样的情形，以前也发生过一次哦。”

“以前？你是说我还在你的世界的时候吗？”

“对呀，但那一次是我溺水，不过也不是真的溺水啦。”

Sunny抬起头，挺直纤弱的身子，整个笑开了对我说：“高二有一次，我们逃课到海边玩水，结果就在比赛游泳的时候，也不知道怎么搞的，我不小心吃进好多海水，也许是海水的咸味呛到我了吧，我变得慌张起来。原本游在前面的你，听到我的呼喊声立刻折回来，结果才发现我一点事情都没有，当时你皱眉的表情实在好有趣！”

听到Sunny笑嘻嘻地说着，我有点惊讶，随即问：“我会游泳？”

“嗯，对呀，在我的世界里，你是个游泳健将呢，跟现在的你比起来实在很难想象。”

“结果……回到我自己的世界后，怎么变得不会游了啊？哈……”我又接着问，“既然这样的话，那在你的世界的我，跟现在的我有什么差异吗？不过这样问也很奇怪，因为两者都同样是我……”

Sunny的食指靠在下巴，眼睛游移着，思考了一下，不一会儿便说：“有，有一点点的差别，该怎么说呢……个性有点活泼好动吧，而且你在另外一个世界的身体，比现在还要健康许多。”

思考着Sunny说的话，有点难以想象我个性变活泼和拥有一个比现在稍微健康的身体，感觉这两项不像是在我身上会发生的事情。我随即开玩笑问：“你确定我就是你认识的伟吗？”

“哈！你总不能怀疑自己身上的翅膀胎记吧？要找到这样一模一样的胎记应该有点难度吧？”Sunny说，“还有你的味道，这些都是没办法替代的东西。”

我动了动鼻头，开始闻起自己身上的气味，苦笑着问：“我的味道特别重吗？”

Sunny对我的动作感到有趣，笑着说：“不是指气味啦，是说你整个人散发出的感觉。在这个世界初次见到你以后，你不断给我一种好熟悉的感觉，也因为你的缘故，我失去的记忆被一点一滴地引出来。”

“我也是一样，你的背影始终感觉似曾相识，也许是因为坐在你后面，上课不专心听讲，只顾将你的身影牢牢记在心里的缘故吧。”我温柔地看着她。

Sunny的笑声取代了话语，她扬起笑容的表情怎么看都很美，可能是因为将头发盘上去的缘故，性感的脖子为笑容加了不少分数。

随后她又将头靠回我的肩膀，轻轻牵起我的手，说：“我也将你记在心坎儿里了，所以即使想不起来，也会感觉到那份熟悉。”

我轻轻地将头靠向Sunny，握紧了她的手，告诉她：“我不会再忘记了，关于你的一切。”

Sunny只是浅浅笑着，握紧了手是她给我的回应。

牵手的感觉总是适应不了，我的心跳仍然跳动得很快，这是爱情的语言，透露出的是不能没有对方的信息。彼此碰触的温度，感受着她的存在，即使闭上眼睛，脑海中也能描绘出她的身影。不管在哪个世界，我都会对Sunny倾心，不管失去她多少次，我都会再次爱上她。

对Sunny持续不断的爱，没有任何时空能够阻止得了，我深信着这点，因为……我再一次爱上她了。

“明天……陪我去一个地方。”Sunny突然开口说。

“好。”

“你不问哪里吗？”

“你希望我问吗？”

“哈，不希望。”Sunny接着说，“我想去看看……那里是不是能够连接我们两个的记忆？”

只要有你在，我想去哪里都无所谓。事实上，我还想跟你一起去好多地方，希望在这个世界里，到处都有你的足迹。希望在想念里，到处都有你的身影。

在我们的爱情持续加温的同时，我一直有种不安的感觉，看似美好的每一天，却又有着淡淡的难过隐藏在其中。

脑海里会不断浮现出第一次吻你的画面，在我还未忆起那份真实感时，紧接着就看不见你了……我不禁猜想着，这回忆的片段也许就是我离开你的那一天。

我曾经离开过你，那你呢？最后也会离开我吗？

现在的我，绝口不提这件事情，因为自己还没有那勇气去面对，就算知道一个人突然消失会是多么不可思议的事情，甚至觉得这根本不可能发生。尽管这么想，还是会感到莫名的不安与害怕。

我不敢想象……你会在我面前消失……

怎么样都无法想象……

隔天假日，我和Sunny到了她说的地方——高中，接近住宅区的一所学校，之前路过几次都没有注意到。站在学校大门口，突然感觉到意识有点冲突，好像想起些什么但又不怎么想得起来。

Sunny见我眉头紧锁，问:“想起来了吗？”

“有点印象的感觉……”

“在我的世界里,也有这所高中哦,连学校名字都一模一样呢！”Sunny用手指了指紧闭的大门上的学校名字，又像想到什么一样接着说，“你对校名应该没印象才对，几乎每天都迟到的你，应该没有空闲记下名字吧？”

“哈！你这样说真讽刺啊！”我苦笑地回应，更让Sunny笑开了怀，“那进去吧。”

“等等啦！”Sunny急忙拉住正要跨步向前走的我。

我感到规律的行进方向被瞬间的阻力给扯住，整个人晃了一下。

我满脸疑惑地看着Sunny，随即她用下巴点了点校门口旁边，说:“你准备了什么理由去跟门卫说我们要进去啊？”

“啊……对哦，我都忘记门卫的存在了。”

看了看门口旁站着的门卫，他似乎也觉得我和Sunny有什么不轨的企图，假装在闻着靠围墙篱笆的鲜花，顺便还偷瞄我们几眼。

Sunny觉得我说得很有趣，频频在我身后笑着，随即拉了拉我的衣角，一副很有办法的样子说："走吧，我知道哪里可以偷偷进去！"

接着我们沿着围墙走，一个转角走进了住宅的巷子，学校旁边都是一些看起来售价不便宜的别墅，好几栋门口都贴着"出售"的告示牌，显然一整排房屋都没什么人住。

再沿着学校围墙往前走，这时巷子的路开始越来越窄，渐渐与学校后面的稻田分隔，形成一条向右弯曲的小路。

而我们停在靠近稻田的围墙转角，Sunny先是搜寻着墙边，好像没找到什么东西以后，转身对我说："以前我们就是从这个角落翻墙逃课的，可是在我的世界里，墙边有很多的木箱、杂物做踏板，这里有点不一样。"

原来Sunny的办法是要翻围墙，虽然知道在做坏事，但心里却感到莫名的兴奋与有趣。看了看围墙高度，其实也还好，不很高，只要跳一下再使点劲儿就能上去。

我像极了准备翻墙的小偷，小心翼翼地看着四周，确定没人后才说："围墙不高，我先上去，再把你拉上来。"

"好，小心哦，我帮你把风！"

Sunny的话让我觉得有点好笑，因为这附近感觉像是死城一般，只要没有摄影机照到我们，就算拆了这围墙也没人发现吧?

我双脚一蹬，跳上去后用手攀住墙边，再顺势使力把自己往上撑。站上围墙边后，先是看了看校园的景色和观察动静，确定没事后赶紧以俯卧的姿势，伸出手对Sunny说:“来吧。”

结果Sunny只是微笑，眨着眼睛盯着我瞧。一脸疑惑的我，不解地问:“怎么了?”

“没事。”摇了摇头，Sunny说，“我只是想起……我们第一次翻围墙逃课的画面，你也是像现在这样伸出手要我抓住。现在我的心情和那时候是一样的，有着不知道从哪冒出的勇气，和想与你做任何事的喜悦。”

“嗯，来吧，让我把你拉上来，让我们找回学生时代的回忆吧，‘Joyce’。”我微笑着看着她。

Sunny露出感动的笑脸，轻轻伸出她的手……

逃课的事情，我没有什么印象，但是拉起Sunny时，的确有种模糊的画面进入我的大脑，不管是她笨拙地攀着围墙的影像，还是我用自己的背当做踏板让她下来的影像，片段式闪过我的脑海，虽然不完整，但却有深刻的轮廓。

Sunny告诉我，那是我们两个第一次逃课，两人穿着制服，拿着学校配给的手提包，什么都没想就往海边跑。

她笑着说到海边之后，我东西随手就扔，一股傻劲儿地向大海冲去，仿佛想被大海吞噬掉一样。原本待在一旁的她，也被我拉进海里，不断地朝她泼水后，她终于忍耐不住童心，像是要宣泄自己情绪般胡乱朝我泼水。

在接近夕阳的海边，我们回到了孩童般的纯真，浪潮声夹杂着彼此的欢笑，忘掉了那些所谓不开心的事情。

听到 Sunny 说的这些，虽然都只有些片段的画面，但知道我跟她曾有过这些每分每秒，哪怕只是一次逃课，都会是我回忆无数次的宝物。

我要把所有和 Sunny 的共同回忆牢牢记住，一直到老……不对，一直到生命终结时，一定会在最后一刻思念着有关她的所有回忆，然后笑着离开人世。

这次我不会再忘了，不想再忘记 Sunny 了……

沿路小心翼翼地找寻教室，Sunny 语气略有些兴奋，直呼这间学校的一切几乎都跟她所处的世界相差不远。校园的每个角落都勾起她的回忆，简直像是玩收集记忆碎片的游戏，每每想起一个片段就会使脑海中的画面更加完整。

跟随着 Sunny 到东侧大楼的三楼，我们站在靠近厕所旁的教室门前，虽然上面牌子写着的是“三年乙班”，但 Sunny 还是坚持己见说：“在我的世界里，这间教室是‘二年甲班’。”

“不管是哪个世界，班级都有可能变更嘛。”

“也对，但现在我们怎么进去呢？”

Sunny 的疑问是指眼前紧闭的门窗，但这似乎不难解答，因为绝大部分的班级都有一种共同的默契：前门或后门旁边的窗户几乎都不会锁，我想百分之四十的学生，应该都会晓得这点才对。随即我实验性地推了一下前门的窗户，很顺地就被我打开，还真的没有锁。

Sunny 先是一脸惊讶的表情，随即问：“你怎么知道窗户没锁？”

“哈哈，能带你逃课那一定要懂得一些东西才行，比如说窗户没锁之类的。”虽然这样的回答很牵强，但也逗得 Sunny 发笑。

走进教室，把门窗给关上后，立刻有一股好怀念的感觉涌入心头：凌乱的木制桌椅、写着密密麻麻公式的黑板、杂乱无章的布告栏等，现在的我们仿佛抓住那段时光，感觉回到了学生时代。

“好怀念，对吧？”

“嗯，好像从来都没有离开过学生时代一样！”Sunny 环顾四周，随后看着中间的位子，“你还记得你的位子在哪里吗？”

如果是问高三的座位，我一定晓得，但 Sunny 绝对不是问高三，这让我苦恼了起来。

“你问的是高一还是高二？”

“老师是个不管小事只管成绩的人，所以有的同学两年都没换过位子，你就是其中之一。”

“都一样吗？我想我们的老师一定是个不折不扣的懒鬼……”这真的很难猜，毕竟自己几乎都忘记了，两年的记忆都是零碎且不完整的，这问题对我来说甚至比任何一堂课都要来得难。

思考了一会儿，没头绪，我只好胡乱猜：“在……后面吗？”

“不对！而且你猜得太含糊了！至少猜第几排第几个吧？”

“哈，那我放弃了，我真的想不起来。”

“好吧，来。”Sunny 无预警地牵起我的手，像是带着小朋友般走向中间的位子，在第四个座位停留，“你的位子在这里。”

看着眼前的位子，凌乱的抽屉和桌上刻东刻西的字和图画，不知道学生时代的我，自己的桌子是不是也这么糟糕？

坐下后，位子上的视点让我忆起很多画面，此时 Sunny 坐在我旁边的位子，她清了清喉咙，语气故作顽皮地说：“唉，老师又在唱催眠曲了！”

我听到后立刻会心一笑，接着故意装出如同京剧的口气，语音高亢地说：“不要睡着哦，也许考题就在他的道理之中！”

“哈哈！你那什么奇怪的口气？好像破音的火鸡在叫似的！”

被 Sunny 这么一说，还真有点丢脸的感觉，哈……

Sunny 的笑容很迷人，不同角度看都有着不一样的味道，我就像是个专业的摄影师，目光如同一台功能强大的相机，不停地在一旁捕捉着她令人心旷神怡的美丽容貌。

“一坐下就有好多熟悉的画面浮现在眼前，像是我还记得你每次上英文课都会打瞌睡。”

“有、有吗？”

“嗯，虽然你其他课也打瞌睡，但英文课都是必睡的！而且你的睡姿很笨拙，就像这样……”

Sunny边说边模仿我的愚笨的睡觉动作，她侧过身去，用手托着下巴，另一只手不断捏着眼皮，说：“想睡却又怕被老师发现，然后就不知道在那里捏什么，即使你眼睛没有合上，但头还是会跟睡着一样猛点着，真的很好笑！”

“是吗？哈……”我不记得有这段，Sunny说的，我可是完全都没什么印象。

“因为上课都在注意你，所以我的成绩退步得很快，多半都是被你影响的……”

Sunny欲言又止，只是独自一人会心一笑，她的微笑我懂，这就像是对我告白一样，虽然点到为止，但却藏不住流露出的情意，听得我也有点不好意思。接着她问：“来到这里想起些什么吗？”

虽然有，但都是做梦梦到的那些遗忘的记忆，只有一些少到不能再少的片段，跟Sunny想起来的根本没法比。随即我想了想，还是摇头回答。

“这样啊……其实还有好多好多深刻的回忆，都随着眼睛所见而想起，原以为都忘了，但事实上根本忘不掉。拥有这些的我……是最幸福的。”

听着Sunny的这番话，突然间我感到心情变得很沉重，眉头也渐渐皱了起来，有种令人惋惜的难过，侵蚀着我全身上下的每一处，胸口变得苦闷，让我不自觉脱口而出：“对不起……”

Sunny转头看着我，自己虽没有对上她的目光，但知道她一定对我的话感到非常疑惑。没有继续接着说下去，我只是感到难过地看着桌子发呆，Sunny也没有说什么，或许她正在等待着我道歉的解释。无奈地叹了口气，我说：“抱歉，我对好多事情都没有印象。”

“那有什么关系？干吗道歉啊？这只是——”

“不是这样的！”下个瞬间我打断Sunny的话，她似乎被我激动的语气给吓到，气氛顿时变得凝重而一发不可收拾。

我晓得自己激动的原因，接着说：“我没有像你一样，什么都记得很清楚，两年的时间只有片段的记忆在我脑海里，但应该不只有这样才对，为什么会这样？为什么……要让我忘记……这是我跟你之间无可取代的回忆啊……”

内心感到无所适从，赤裸裸地透露出无尽的悲伤，听着Sunny侃侃而谈的所有回忆，自己试着要去回想起，但尽是让人无奈的空白。就连这一点点的幸福，我都无法拥有……

突然，Sunny牵起我的手，对我说：“对了，还有一个回忆我想起来了。”

“一个回忆？”

Sunny拼命点着头，接着跑到前门且打开它，出了教室后，躲在玻璃窗后面大声说：“你要陪我一起回顾才行！接下来你要走过来！”

虽然搞不懂Sunny要干吗，但还是起身照着她的话做，在快出教室前门时，她突然现身在我面前，接着又说：“有一次傍晚，社团活动结束后我想起参考书忘记带，所以又急急忙忙地跑回教室，虽然脑子想着门窗都关了要怎么办，但身体还是不由自主地跑回教室。当我看到前门没关时，超高兴的，然后也没多想就一股脑儿地冲进去，你猜发生什么事了？”

我摇头回答，Sunny才接着说：“你刚好走出教室，因为窗户都关上，所以我没注意到你，结果我整个人撞上你。”

突然Sunny轻轻地跌入我怀里，抱着我说：“就像现在这样，虽然当时只有短短一两秒的时间，但却让我不想离开你的怀里。之后回过神来，我害羞地逃离现场，连参考书都忘了拿。”

那天的事情，我好像渐渐想起来了。

夕阳穿过楼层的细缝，打着橘红色的柔光为我们染上爱情的颜色，虽只有短短的时间，却像是拥抱Sunny好久的岁月。我想起来了……那令人心动的时分，两人拥抱所感受到的爱情信息，强烈地浮现出来。

我因Sunny的发香而迷恋，因她单薄却诱人的身体而沉醉，虽然只是一瞬间，但我明白……爱情发生只需一瞬间的时间。

“记不得以前那些没关系，只要把我们现在的每分每秒记着就行了……”

Sunny紧紧地抱住我，我可以感觉到她的心正在急速跳动着，那是她存在的证明，诉说着会一直陪在我身边的频率……

就像她说的，我要把现在的所有一切，给牢牢记在心里，我曾经失去过很多，所以要记得更多。

“一定要记得哦……”

Sunny的话萦绕在我耳边，她的双手抱得更紧，仿佛倾诉着，不想再一次失去对方了。

但我却没意识到，她说的这些话，或许是她对自己的约束。

那样的深情拥抱，我没想到，是最后了……

“原来……你记忆丧失的那些时间，还认识了Sunny啊。”陈医生睁大眼睛，一脸惊讶地重复说着我刚刚告诉他的事情。

复诊时我总会跟他聊上很多，自从告诉他认识Sunny的事情后，偶尔会提起我和她相处的经过。当然，比较超乎现实的那些我就没有讲了。

坐在诊疗台上，陈医生吃惊的表情令我感到有趣，随即笑着回他：“对啊，还挺巧的。”

“不只巧而已，就像注定好的一样。”陈医生慈祥地笑着，随后转身一如往常写着药单和提醒我，“药记得按时吃哦。”

突然，我好想问陈医生一个问题，就在考虑这问题从一般的逻辑去思考有多愚蠢时，我嘴巴不禁先开口：“医生，我问你哦，如果……我是说如果，你遇到一个自称从另外一个世界来的人，如果遇到这样的情形，你觉得自己会怎么想？”

医生停止手写的动作，他抬起头发出低吟思考着，随即转身回答：“如果自己精神方面没有问题的话，我当然不会相信喽。”

“但是，对方或许能证明很多事情，在这样的前提下，你仍然不会相信吗？”

“对，不会。”陈医生笑了笑，“任何事情都能说得通，但这样脱离常识的事情，若不是亲身经历真的很难相信，要不就被人当神经病。”

“嗯……也对。”

“放心吧，这世界很平静，不会有这样的事情发生的。”

陈医生的笑容让我安心了一些，暂时不去想这么多。

又过一个多月，我和Sunny的感情愈渐稳定，这些日子有她的陪伴，每一天都是这么快乐。但心里却没因此忘记，对于一些不安的预感，始终挥散不去，仿佛如影随形地伴随着欢笑声出现。每当两人开心之时，总是觉得……Sunny 会离开我。

这样的日子，一直持续到九月初的时候……

海岸边吹起阵阵强风，浪潮翻腾的声音大得吓人，渐渐入夜的天空，披上了蓝黑色的斗篷，云块聚集的最后一幕画面，似乎打算将明月的光辉遮蔽。

这几天的天气都不怎么好，虽没有下雨，但却乌云密布。太阳好像被人射下来一样，消失在无边无际的天空，如果这种情形再久一些，或许我会忘记太阳是什么形状也说不定。

而 Sunny 的头痛仿佛受其影响，频率显得很高，其实不只头痛而已，身体也渐渐变得虚弱，上个星期的感冒到现在，仍然没有什么好转。

跟怪异的天气无关，海边的人还是很少，就某方面来说，还是属于我和 Sunny 的天地。

随着日子一天天地过，Sunny 的身体状况逐渐不佳，虽然也劝她真的不舒服的话就不要到海边来，但她却听不进去，那种刻意逞强的眼神就跟我一样，所以我虽然明白却仍旧没有阻止她。

不知从什么时候开始，我们的话像是说完了一样，在海边也只是坐在一起，牵着彼此的手，有一句没一句地聊着。也许 Sunny 人不舒服，所以无法开口说太多的话，而我也默认这点，没话讲的时候只是静静坐在她身旁，看着大海陪她发呆。

这样的情形让我想起以前刚认识她的时候，我们相隔着很远的距离，没有谁上前向谁搭话，只因不想打扰对方。

Sunny在想些什么？

我虽然想问但又将话给吞回肚里去，只好紧握着她的手，代表我仍在乎她的心情。

Sunny像是知道握紧的意思，她露出惨白的笑容，一字一句慢慢说着："我在想，你快要离开我的时候，是抱着什么样的心情……"

这样的话动摇着我的心，我知道对于消失这样的事情，是多么的抽象且不切实际，但心里就是会有着所谓的疙瘩，想去相信却又抱持着怀疑的心情……

在梦里，我的确见过那一幕，我们彼此接吻后，接着就看不见Sunny，那意味着我离开，回到自己的世界了。曾经是如此不切实际的梦境，因为她而变成存在的现实——唯独只有离开这点，仍然不敢用常识去判断它，这样的矛盾让自己变得莫名害怕，就连想象都不敢。

"我离开之前，有什么征兆吗？"

"没有，几乎是在毫无预警的情况下发生的。"

假设真的这样，那也许是有征兆的，可能我知道，但并没有告诉Sunny……这些想法我没有说出口，只是对此做出傻笑的反应，划破先前的沉重，说："放心好了，你不会消失的，你就在我身边不是吗？"

Sunny难过地咳了好几声后，露出生硬的笑容，点头说："嗯，走吧，我们回去了。"

她率先站起往回走。

不知为何，我开始觉得我们之间有一层灰蒙蒙的影子，就像污点染在我的感觉上，想要弄开它，却把污渍抹得越来越大、越来越深。那样不是滋味的感觉，我是第一次体会到，转而变得心痛起来。

自己不懂情绪卡在胸口无处可泄的那种难受是如何形成的，只觉得闷得让我喘不过气，看着 Sunny 正要离开的背影，有那么一瞬间，我深刻意识到……好像再也不会见到了……

心情变得异常激动，我急得站起来，大叫："Sunny！"

Sunny 停下脚步，回头问："怎么了？"

风大得有点不可思议，但即使站在这样的强风中，仍然吹不散我胸口那郁闷不安的情绪。琢磨了许久，眼神尽是透露着无尽哀伤，我鼓起勇气，开口问："你会离开我吗？"

"你说什么？"

强风大得让 Sunny 听不见，她一边问一边朝我走近，而我没有提高音量，只是再一次问："你会离开我吗？"

Sunny 一脸疑惑的表情，显然是听不到我在说什么，那样的低语，或许只是我在问自己，我该相信 Sunny 吗？彻彻底底相信她吗？如果真的相信她了……那么就得承受，她或许会离开的事实……

强风带走了我的话语，不让任何人听见，事实上那不仅仅是一句话而已，也是我吐露出的沉痛……

待Sunny走回到我身边后，我不发一语，只是低头将目光移开，在她面前，自己根本无法再多说任何一句。

“你刚刚说什么？”

听到Sunny这么问，我只是摇着头回应，她也很体贴，没有再继续追问下去。

勇气似乎在刚刚早已燃烧殆尽，偏偏在她能够听见的距离里，自己却无法以言语跟她确认些什么，心中那份莫名害怕不断变大，我好怕……所有一切变得真实……

Sunny从我的表情看出一些端倪，却没有开口问，只是缓缓靠近我，对我露出以往的微笑后，轻轻吻上我的嘴唇。她的嘴唇好冰冷，没有任何存在这世界的温度……像是告诉我所有疑惑的答案一样，我开始感觉到，自己再也抓不住她了……

只是一个吻，让我无法再对那些“真实”怀疑；只是一个吻，却有千万的心痛，剧烈地敲打着心中最脆弱的部分……

Sunny的唇离开我后，将头靠在我的胸膛上，用着虚弱的声音告诉我：“我听见，海浪在翻腾的声音；我听见，你心急速跳动的声音；我听见，你心里所有的声音。所以我知道，你想问什么……”

Sunny似乎崩溃了，她哭着说：“我只能回答你……对不起……我知道自己快要离开你了……”

这个回答，让我一颗心变得沉重、情绪渐渐被剥落，零碎得无法再说些什么。

我听见，Sunny 哭泣的声音……

我听见，Sunny 无法言语的那份不舍的声音……

但我根本不想听，不想再听一次了……

我只能紧紧地抱着 Sunny，紧紧地抱着她……

Chapter 12

其实在我相信 Sunny 的同时，也许早就注定好结局会如何了吧，即使没有很深刻地感觉到自己曾消失在她面前的那一瞬间，但却又无法去怀疑其真实性，就算这一切不会发生好了，还是会有不安且彷徨的感觉出现。

如同站在刑台上等着死亡的感觉，像是看开一切般冷静，冷眼看着将要发生的事情，而自己却无能为力去阻止……

又过了三天，早上在公司，我准备着下午开会要用到的产品资料，连自己都很诧异，无意间的构思竟然得到组长的青睐，样品出来还获得日本方面的支持，这次他们专程派主管前来，而我则要上台为大家报告所有细节。

“别这么紧张，放轻松。”

秋菊从我身后走过时，靠在我耳边轻声说着，她的声音使我安心许多，回头向她说声谢谢，稍微可以集中精神准备下午的报告。

整个上午我忙着准备，一直到午休快结束前的十分钟，才有一点点的空闲休息。一推开逃生门后，看到的是秋菊和阿哲同时看着我的画面，我似乎打断了他们的谈话。

阿哲先是眉开眼笑，让了位子给我后，说：“哎哟！这不是伟大的设计师伟吗？这里坐这里坐！”

“什么设计师啊？即使要上台报告，仍然不会动摇我小职员的地位啦。”

“难说，或许这次你有机会脱离小职员的称呼也说不定。”秋菊也在一旁附和，两人好像唱双簧一样。

这样的熟悉画面，让我相信整个世界一点改变都没有，我们依旧照着每天的流程走下去，周围的一切仍然是平日所见那样。这是“真实”，并不如Sunny所说的“真实”来得抽象，活在这样的世界里，让我觉得自己的人生极为平凡。

在准备要进会议室前，我给Sunny打个电话，想听听她的声音，也顺便谢谢她刚刚发来的加油短信。在我拨出号码之后，电话另一头却传来“您拨的号码是空号”的语音信息，本来以为自己打错了，但重复再试好几遍后仍然一样，怎么会……

“伟？怎么了？”充当会议秘书的秋菊见我没有进会议室，打开门探出头问。

“没事……”但下一秒，我开始感到焦急，心里平稳的那种感觉，反而成了我慌张的理由，随即又改口说，“秋菊，我有事情要先离开。”

正当秋菊一脸疑惑之时，门又被打开一点缝隙，出现的是组长的脸，他小声且心急地说：“你在干吗？快进来啊！”

“我……对不起，我下午想请假。”

“什么啊？都什么时候了！你现在还说要请假？别闹啦！”

“我真的有事情非离开不可！真的很对不起！”

“你给我——”

组长还没说完，秋菊立刻拉住他，对我说：“去吧，我跟组长会想办法的。”

“秋菊！你也跟着发疯了是不是？”组长的声音越来越响亮，惹得办公室的同事纷纷朝我们这里看。

“快去，要不然会来不及的！”

秋菊的话像是一种推力，她不会晓得是什么事情，但却不问理由而选择相信我，让我打从心底感动。随即把报告交给她后，我急忙离开公司。

一路上我不断拨着电话，但始终是空号，联络不到Sunny，让我变得更加慌张。

Sunny怎么了？早上的加油短信还存在我手机里，但现在却失去信息，这样无预警的情况下，我开始思考任何不好的结果……

先是到幼儿园，看到紧闭的大门，我也不管是不是还在午休时间，急得大叫："请问有人吗？Sunny？Sunny你在吗？！"

这时教职员休息室出现两个老师的身影，紧接着是院长走出来，她不疾不徐地走到我面前，先是眯着眼察看我是谁，紧接着像是有一点点印象，说："哦，你是上次跟我们去露营的那位先生对不对？"

"对！请问一下，Sunny在吗？"

"Sunny？哪个Sunny？"

院长的话让我一时间愣住了，这样的反应究竟是开玩笑还是……

"Sunny啊！怎么可能会不知道她？"

这时其他老师也跟着凑过来，院长转头询问每个人，但她们竟然都一脸疑惑。怎么会变成这样？为何所有人都不认识她了？

这样的情形让我脑袋一时间转不过来，无法思考任何可能性，整个人变得焦虑起来，内心慌张得不知如何是好。

离开幼儿园后，我狂奔到Sunny的住处，即使急躁的心情和透支的体力压得我很不舒服，但却没有任何能够让我停下脚步的时间。只要停下来……也许就再也见不到Sunny了……

来到住处后，因为大门关闭，我只能敲着Sunny房间的窗户，不停地喊着她的名字。从紧闭的窗帘细缝看进去，似乎没有人在，但娃娃什么的都还在。敲着窗户呼喊Sunny的名字时,后面传来了人声:“那间没有人住哦。”

回头一看，是一个戴着眼镜的中年女子，她脸上挂着和蔼的笑容，向我点了点头。正当她打开大门时，我又接着问:“第一间不是有人住吗？”

“没有，一个星期前还有，但那个房客不租了，所以现在是空房，还是你想租啊？”

“可是……里面的娃娃……”

“哦，那些东西啊。”原本笑容满面的房东，表情略有些无奈，“之前那个房客没有租之后，先是跟我说过几天就会来整理，结果到现在仍然没有下文。我也联络不到他人，想说还没有人要来租的话先搁着，等到有人来看再整理。”

仿佛从房东口中听到一线生机，我急忙问:“之前租的是一个女的吧？”

“女的？是男的！好像是从台湾北部来这工作的吧，他说那些娃娃全是他女朋友买的。怎么？你想租吗？要不要进来看看？”

男的……怎么……所有一切都变了？就好像大家在串通好捉弄我一样，把我排拒在外，又或是以往脱离轨道而行的我，在不知何时接上了正轨，我所感受的是自己世界的事情，轨道以外的全都如一场梦而已。

这样剧变的心情扰得我不知所云，拒绝房东的邀请以后，对这一切不敢置信的我，只好迈着无奈的步伐离开。

全部人像是不认识 Sunny 一样，改变的是这个世界，还是我的记忆？此刻的自己站在一条平衡杆上，不管掉落哪一边，都会造成无法磨灭的伤痛。

现在,只剩下海边,如果再找不到她,那么她真的就这样消失了……

太阳高挂天空，却被乌云遮蔽，这种天气以下午来说，是会令人提不起劲的。

我走到海边，汹涌的海浪不断朝岸边推进，风大得快将我吹得站不住脚，逆行在强风中，来到了第一次遇到 Sunny 的岸边，那里站着一个人，看到她的背影后，让我整个人松了好大一口气，是 Sunny。

随即心头涌上的是喜悦，情绪压迫到极点又忽地松懈，只要能看到她，我就感到很安心。

我赶紧跑过去，大叫：“Sunny！”

Sunny 回头看着我，看到她熟悉的脸庞，让我更加安心许多，突然有种莫名感动浮现在心头。什么平行世界的理论之类的，根本就不可能会发生，Sunny依然活生生地站在我面前，我依旧能够用自己的双眼看到她。

Sunny没有离开，应该说根本就不可能会离开这个世界。

我以为是这样没错，但……我错了。

Sunny转过身子后，我原本的安心感，全部化为乌有。

她的左手指头……已经渐渐消失……我知道自己看到的是件很不可思议的事情，但……却找不到任何理由去解释……

我见到的才是真实……这样的结果，让我觉得好难受……

“伟，你还是来了。”

我说不出任何话来……甚至也没办法继续往前走……

怕自己一旦开口后，情绪也会跟着崩溃……

我好难过……拼命忍着悲伤，但却无法阻止眼眶蓄积的泪水……

Sunny缓缓地走向我，用右手牵起我的手，抚摸着她的脸颊，说：“我还在哦，你感觉到了吗？”

“嗯……”

“对不起，没有告诉你，因为我知道一旦告诉你，那么在离开的时候一定会更加痛苦。”Sunny牵着我的手，语气柔弱地说，“你离开时抱着什么样的心情，我终于体会到了……现在，我除了舍不得以外，还有些开心，因为……

“不管在哪个世界里，我又再一次爱上你了……”

Sunny 紧紧地拥抱我，她的泪水落在这个世界里，告诉我她有多么不想离开……

我抱紧 Sunny，只想紧紧地拥抱她，单纯地想着，如果这样的话，或许就能将她留在这个世界里。

但我根本就无能为力，我可以感觉到她的心跳声变得微弱，身体也出现异常，消失的地方不断漫延，只能眼睁睁看着她消失，却什么都做不到……

“来，陪我坐着。”

当她离开我身边时，看着她消失的身体部分，我真的已经难过到不知该如何是好，一颗毫无防备且脆弱的心，就连海风的吹拂也会令它感到无比刺痛。

我们坐在沙滩上，就像平常一样，Sunny 依偎在我身边，告诉我：“你知道吗？瓶中信能送到你手上，绝对不是偶然的。大海是连接着两个世界的媒介，它会将思念传递给对方。

“所以我当初才会有写信给你的想法，即使知道你收到信的概率很渺小，但我都当做信会送到你手上，其实事实上也是如此不是吗？这样的奇迹，真的发生在我们两个身上了。

“写着满满情意的信在大海上漂流，它不畏惧重重险恶，不管经过多少年，它仍然保留着信件里的文字，像是在诉说着，爱情是不朽的。”

Sunny将头靠在我肩膀上，语带些鼻音，说："你离开后，我常常望着大海，想象着你就在海的另外一头，让我不至于这么难过，不至于感到孤独，因为我们或许就在海边眺望着远方，思念彼此。"

听着Sunny哽咽的话语，自己的心也在跟着哭泣。我知道，Sunny剩下的时间不多了，而我只能拼命记住Sunny的一切，她的声音、她的容貌、她的味道，还有与她所有的回忆……

"好好照顾身体，还有帮我向秋菊和阿哲问好……"

"好……"

"想念我的时候，就来海边，好吗？"

"我会的……我会天天来，永远都不会忘记你的……"

"谢谢……"Sunny终于又忍不住悲伤的情绪，放声痛哭。

我握紧Sunny冰冷的右手，拼命地握着，因为我想让她知道，一直以来都有一个叫伟的男生这么爱她……

高中两年的相恋……分隔多年的思念……再次相遇的爱恋……

我希望她能记得这些，不管在哪个世界里，这些都是一生中最美的回忆……

海面的风浪忽然变得平静，太阳也从乌云中蹿出身影，柔美的光带来了阳光的气味，这一切像是脱离原有的世界般，有好多熟悉的感觉牵连着我的感受，或许……那一瞬间我看到Sunny的世界也说不定。

"能够活在有你的世界里……能够待在你身边……没有比这些还

要幸福的了……"

Sunny用最后的力气，紧紧握着我的手，即使她像是发不出任何声音一样，但仍然要告诉我……

"我已经习惯……身边坐的是你了……"

最后一句话，像是空气般围绕在我身旁。

一切的一切恢复到最初那样，汹涌的浪潮、强烈的海风和满是乌云的天空，眼前一望无际的大海，带来了一种孤寂的空虚。

所有的一切都是那么正常，我存在于这个世界，感受着这个世界里所有的事物。在一般人眼中，没有任何事情有所改变，但……

Sunny离开了。

就连她手心传来的仅有的冰冷温度……我都感觉不到了……

我的心情，异常地安稳，Sunny离开得很突然，没有让我感觉到任何不妥。事情发生得太快，自己无法做出任何反应，她就像一阵烟似的瞬间消失，消失到我再也碰触不着。

看着手上的贝壳手链，我紧紧地握着它，它就在我手上，我感觉得到它的存在，它的形状、大小，自己能够清楚它就在手上。但是……

Sunny消失了……

慢了好几秒的情绪，终于瓦解了，慢了好几秒的思维逻辑，终于清楚了。

慢了好几秒的眼泪……终于落下了……

无止境的悲伤，不断侵蚀我全身，将所有喜悦全部夺走，这一切让我害怕得全身颤抖，每一滴难过的泪水滑落脸颊，滚烫的温度所流过的痕迹，都深刻地烙印出伤痛。

天空下起骤然大雨，那豆大的雨滴打在我身上，每一下都是这么真实。雨水洗涤不掉我内心的悲痛，冲刷不尽我的心碎，雨水和泪水交织着，响起了心如刀割的悲鸣声，这场雨就像是内心的写照一般，我的世界开始下起大雨……

Sunny 离开我的世界，自己可以感觉到世界再也没有她的身影，这不只是见不到人而已，而是她所有的一切都没有了。

她常常赶不上夕阳坠入海平线的那一瞬间，这次……也不例外……

她那熟悉的背影，我再也见不到了……

那一天，我不晓得自己哭了多久，只知道失去 Sunny，那种沉痛的感觉令我无法忘怀。听着浪潮和雨水谱出的旋律，自己心里那份悲痛之情，像是一首很凄凉的交响曲，我一遍一遍地听着，泪水一滴一滴地滑落……

我尝试找过 Sunny，就算亲眼见到她消失，心里却仍然欺骗着自己，也许就在这世界的某个角落，会找到她也说不定。但周围的人，已经完全记不起 Sunny 这个人，甚至连一点印象都没有。

不管是陈医生、秋菊、阿哲，或是小高及幼儿园的老师们，没有人认识Sunny，就连我们曾经合影的相片，她的身影也消失了。Sunny仿佛是个毫不起眼的过客，离去时不被任何人记得，也不被任何人怀念。

取走了一小杯水槽里的水，里头仍然没有多大的改变，当初Sunny告诉我的道理，我终于懂了……

尽管Sunny不被任何人记得，我却仍然记得她的一切，她的微笑，依旧深刻地活在我记忆里。即使没有任何证据能够解释Sunny是存在的，但我却很清楚，记忆能够为我证明这一切是真的存在过。

我很幸福，即使我们是两个不同世界的人，却能够爱上彼此，就算不在身边了，还是能够思念着对方。

能够持续爱着你……这就是我所拥有的幸福。

每天傍晚，我都会来海边，就像当初期待捡到瓶中信一样，无时无刻我都盼望着能够再见到你一面。

有时候，我会以为你就站在废弃小屋的前面，等到回过神来后，才晓得只是自己的幻觉。

坐在海边抬头仰望着满天星空时，我会想起曾经和你一起欢笑的那些夜晚，感觉得到你牵着我手的温度。

甚至在曾经看过日出的天桥上，都会有你靠在我身旁的错觉，即便你离开了，但在我的世界里，仍然有你的味道，记忆里，也有你的存在。

你一直都在……对吧？

你对爱情的坚定，使得你即使知道我也许会收不到你的信，但还是愿意去相信。

现在，我的心情也是一样的。

我将一封信，卷成一圈装进了透明的玻璃瓶里，那封信写着的是我对你的思念，它将漂洋过海，无惧任何风雨，漂到有你在的世界。

我相信……大海一定会将这份思念替我传达到你心里，那是我不朽的爱，任何人都无法取代你。

尾　声

天空的云块染上火红的颜色，远方的海平线上坠入令人叹为观止的美丽夕阳，海面像是覆盖着一层闪闪发亮的玻璃纸片，正在点缀着夕阳西下的美景。

我坐在靠近废弃小屋的岸上，享受着带有咸味的海风轻拂脸颊，拉长的影子在我身后玩起模仿的游戏，眼前一片犹如水彩画，颜色的对比饱满得像是梦中世界。

不管何时，待在海边总能感受到轻松自在，我很喜欢这片蔚蓝的海域，在这里我可以做着天马行空的白日梦，能够想着平常生活中没有注意的事情，还有……能够想念着Sunny。

好久了，Sunny离开后，已经又过了好几年时间，无情的岁月并没有让我忘记她，只要来到海边，就能够激起所有与她的回忆。

而这几年，我也写了好多的瓶中信，里面有我的近况、回忆，还有我对她永无止境的想念。我不担心这些信送不到她手上，因为我知道……大海会替我将这些思念传达给她的。

“伟！”

回头一看，是秋菊在叫我。她牵着一个三岁大的小孩，步伐缓慢地朝我走来。我摸了摸小男孩的头，这时秋菊问：“身体好一点了吗？”

“都说只是头痛而已。”

“头痛就别乱跑嘛，我担心你的身体呀。”秋菊松开小男孩的手，他立刻像个顽皮的小鬼在沙滩上玩了起来。

“你老公呢？”

“哎哟！别这样叫，虽然结婚了，但还是听不习惯。他还在开会，晚一点会来跟我们会合，先想一想等会儿晚餐要吃什么吧。”

大美女秋菊最后终于嫁人，那受众人忌妒的幸运儿正是阿哲。结婚典礼当天，公司的男生几乎都没参加，听说好像集体心碎了吧。

我们捕捉着夕阳余晖的尾巴，直至它完全消失于海平线，天空原本的橘红色美景，渐渐褪去成暗蓝色，这样的情形会持续一会儿，黑夜才会来临。

阿哲结婚后，自己创业当起了老板，原本就很有钱的他，似乎没有任何的经济困难。而聪明的秋菊，成了他最厉害的军师，短短的一两年时间，就为他赚了不少钱。

秋菊理所当然成了有钱的贵妇，以前曾经学过美发的她，本着兴趣开了一间美发店，圆了自己的梦想。

而我，也辞了之前的那间小公司，和阿哲一起合伙开了间主题式餐厅。餐厅名叫做“黑色贝壳”，就在我身后马路旁的地方。从窗子看出去能见到一望无际的大海，不论是白天还是晚上，都能享受令人着迷的美景。

几年而已，一切都变了，但很多东西依然没变，比如说像眼前的大海，它还是如此辽阔，还有我对Sunny的爱，依旧是这么深。我相信就算再过几年，这些绝对都不会改变的。

我和秋菊聊了一会儿后，她看看时间，说：“差不多该走了，我还得去商场买点东西，一起去吗？”

“不了，我等等还要交代勤工俭学生一些事情。”

秋菊拍着她小孩裤子上的细沙，点头道：“好吧，那等阿哲下班后，我们再来接你。”

我笑着答应，目送他们离开。

每当这个时候，我都会想起很多事情，坐在沙滩上发呆，身边总会有Sunny的身影，尽管知道那些是错觉，但却会让我感觉到她就在身边。

Sunny的一切是那么深刻地存在于我心里，对她的思念让我脑海中无时无刻都能浮现出她的倩影。她留下了很多很多如梦似幻的回忆，我们一起玩水的快乐时光，那欢笑声就这么真实地在我耳边响起。

时间无法阻止我的想念，即使全世界都忘了她，没有留下关于她的信息，就算如此，我仍忘不了她……

天色渐渐变暗，再过一会儿，闪闪发亮的星星，会像亮片一样撒在我们触手不及的天空。那样令人目不转睛的景色，不管看多少遍都不会腻。

在人的一生里，会出现多少令人无法忘怀的画面？每一个画面都是非常珍贵、独一无二的，扣人心弦地活在各自心里。而这一片大海，让我的回忆停留在最美的时候，那一段时光陪伴我的是Sunny，她那如阳光般耀眼的微笑，是我这一生中最珍贵的画面。

就在准备起身时，我赫然注意到有东西被冲上沙滩，等到走近一看才知道，是瓶中信。

我拿起瓶中信，心里充满了期待与喜悦，这样的心情就像是当初捡到瓶中信的时候一样。

像是知道这是Sunny写的一样，我无法压抑住的莫名感受，在胸口渐渐萌生。

打开软木塞，小心翼翼地抽出瓶内泛黄的信纸，读着开头第一行……我开心地笑了。

就算分隔两个世界，我仍然感觉得到你，你的味道存在于这个世界，就像是你从未离去一样。

我一直确信着，我们会再一次相遇，不管要经历多少次分离，我都会再一次、再一次地爱上你。

期待与你再见面的那一天，那会是永恒的奇迹，会是我们彼此间最美的画面。

——全文完

后　记

Hello，又见面了。

记得在写完第一本爱情小说《深白色的思念》后，我内心断定暂时不会再写这类型的小说，结果写完《漂流信》，才发现已经狠狠打了自己一巴掌。

写《漂流信》的过程非常顺利，唯一有阻碍的应该就是自己很爱拖稿吧。

原本在一开始构思时，是打算从平淡小说方向去写，但一想到既然有“漂流”一词，那应该可以弄点虚幻的意味吧？接着原本的故事整个在我脑中大转变，整个剧情方向就在无预警的情况下变成如梦似幻的故事了。

想想一开始的构思跟现在的完成品，根本是两种不同的东西。

我很喜欢那种分隔、穿越时空之类的爱情，虽然这题材出现在各种地方，但依照表达方式不同，会让人有许多不同的认知与感受，这也是我想写《漂流信》的缘由。

我想犹如牛郎织女式的凄美爱情，从古到今都能令人有很深的感受。如同《漂流信》里想告诉大家的：不管在哪个世界里，对他／她的爱，都能一直持续下去。

最后依然要谢谢每一位读者和赏识我的编辑们，每本一句：没有你们，哪有我企鹅呢？

希望下次见面时，我能够以不同类型的小说出现，毕竟我不想再打自己嘴巴了。（苦笑）